우 리 를
아 끼 기 로
합 니 다

우리를 아끼기로 합니다

김준 지음

돌아봐도 후회 없게
매 순간을 눌러 담아서

카멜북스

아끼는 ＿＿＿＿＿＿에게

작가의 말

전부 포기하려는 순간에 문득

삶이 간절해지기를 바랍니다

차례

01/ 아름답게

~~~~~~~~~~~~~~~~

02/ **담담하게**

〰〰〰〰〰〰

03/ 다정하게

04/ 온전하게

아름답게

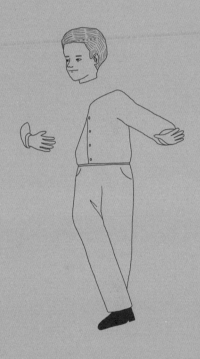

내가 사랑하는 사람이

나를 사랑하지 않을 수도 있습니다

아주 간절히 바라던 것을

끝내 이루지 못할 수도 있고요

삶이 그렇습니다

삶이라는 거창한 이름표를 달고는

초라한 속내를 낱낱이 보여 주곤 하지요

예측 불허의 나날들

우리에겐 견뎌야 할 단어들이

너무나도 많습니다

감내해야 할 것들이 너무나도 많습니다

그래도 우리 춤을 추며 걸어갑시다

노래 노래 노래하며 갑시다

어쩌다 만난다면 서로 악수도 나눕시다

당신과 나의 수고로움을 끄덕여 줍시다

잘하고 있다고, 우리 이만하면 잘하고 있다고

삶이라는 물결

한때는 아프지 않은 삶을 남몰래 바라기도 했다. 좋은 일만, 행복한 일만 있기를 간청했다는 말이다. 하지만 낙담과 좌절은 꼬리표처럼 나를 따라다녔다. 숱한 실패의 나날들. 그때 나는 긴 세월도 단숨에 뛰어넘는 영화의 한 장면처럼, 모든 걸 훌쩍 뛰어넘어버리고 싶었다. 물론 그런 일은 일어나지 않아서 한 시절 빼곡히지나가야만 했다. 걱정하고 고민하고 때로 수긍하며. 그러면 이따금 선물처럼 새봄 같은 날들이 찾아오기도 했다. 환희를 온몸으로 부둥켜안고만 싶었던. 나는 그런 순간들이 지나가지 않기만을 바랐다. 지나가지 않고 한평생 곁에 머물러 주기를. 하지만 아무리 큰 환호와 박수갈채도 차츰 줄어들다 이내 적막에 잠기게된다는 것을 부정할 수는 없었다.

그렇듯 삶은 늘 물결처럼 술렁였다. 절망의 시기가 있으면 기쁨의 날이 찾아오기도 했고, 상처받은 마음에 다시 사랑이 움트기도 했다. 흘러가는 겹의 굴곡. 이제는 헤아릴 수 있다. 희망은 얼마든지 고통으로 바뀌기도 하지만, 고통 역시 희망으로 건너가기도 한다는 것을. 그렇기에 여전히 약간의 기대를 남겨 둔다. 오색찬란한 희망이 나를 완전히 외면하지 않을 거라고. 오지 않은 봄날이 아직 많이 남아 있을 거라고.

러시아에서

냉장고에 보관된 탄산음료 두 캔과 얼려둔 인스턴트 햄버거가 끼니의 전부였을 때. 매서운 눈보라를 뚫고 신호등이 없는 8차선 횡단보도를 매일 건너야 했을 때. 젊어서 하는 고생을 당연한 것이라 여겼을 때. 잿빛 하늘이 더 이상 보고 싶지 않아서 한낮에도 암막 커튼을 쳐 놓고 살았을 때. 잦은 방황과 고민을 잠깐 앓는 신열 정도로 취급받았을 때. 내 이야기를 진심으로 들어 주는 사람이 단 한 명도 없었을 때. 폐허에 무너진 집 한 채 같은 마음이었을 때.

그때마저도 약간의 기대를 남겨 두곤 했다. 그 시절 빼곡히 건너가면 희망의 빛을 볼 수 있을 거라는 약간의 기대를.

추억이라는 온기

이리저리 흔들리는 삶 곳곳에 한평생 껴안고 가도 좋을 추억들 만들며 살이기고민 싶다. 묘묘한 바다 위를 떠다니는 한 척 돛단 배처럼.

니스에서

프랑스 남부의 해안 도시로 돌연 떠난 적이 있었다. 쉬지 않고 원고 작업을 해 온 탓에 심적으로 많이 지쳐 있을 때였다. 무작정 바다가 있는 곳으로 떠나고 싶었지만 마감을 앞두고 있어 마음이 편치 않았다. '출간 후에 떠나자' 아니면 '탈고만 하고 떠나자' 하는 생각을 속으로 수천 번도 더 했지만 결국은 참지 못하고 초고를 완성하기도 전에 떠났던 여행이었다.

5월의 니스는 얇은 카디건 하나 걸치면 딱 좋은 날씨였다. 살랑거리는 바람, 따사로운 햇살과 그토록 눈에 담고 싶었던 지중해 바다가 내 곁을 감싸고 있었다. 해변을 따라 걸어 본 게 얼마 만이었던지. 낙원에 도착한 것 같았다. 일주일 남짓 머물기 위해 빌린 집에는 관리가 잘된 정원이 있었다. 의자를 꺼내 볕을 쬐고 앉아 있으면 그간의 답답했던 마음이 뻥 뚫리는 것 같았다.

'이제 그만 눈 떠'라는 말이 세상에서 가장 잔인한 말이었다는 한 시인의 이야기와 달리, 니스의 아침은 참 폭신하고 몽글했다. 써야 할 원고 때문에 도시 곳곳을 구경하지는 못했지만, 영화 한 편을 틀어 두고서 창 밖의 이국적인 풍경을 바라보고 있으면 세상 누구도 부럽지 않을 만큼 행복했다. 해가 뉘엿뉘엿 질 때면 다시 바다로 나갈까, 고즈넉한 아침엔 문을 활짝 열어 두고 토스트와 시리얼을 먹을까 하며.

일상에 지칠 때면 그때를 떠올려 본다. 비행기 창밖으로 동화 같은 도시를 내려다보며 느꼈던 설렘, 에메랄드빛 바다에 발을 담가 보았던 일, 조약돌을 던지며 바다를 조망했던 마음가짐, 코코넛 요구르트를 떠먹으며 아침 노을을 바라보았던 시간. 모두 주옥처럼 아름답고 귀한 옛 기억들이다. 나도 모르게 입가에 미소가 번지는 그런. 나는 아직도 그 추억들로 살아간다.

아니, 그런 추억들이 있어서 살아간다.

울금향

건너온 시간들 떠올리며

빙긋 웃을 수 있다는 것만으로

하루하루 치유하며

수선화

모서리 없이 헐렁하게 살아가며
오가는 일들에 집착하지 않고

별보다 별의 잔해를 헤아리는 사람이 되어
부서진 마음과 조각난 심정을 달래고

가끔 자신을 깊숙이 돌아보고
내 안의 것들을 최선 다해 사랑하며-

가닿기를 바라며

나를 사랑하는 사람들이 내게 해 주었던 말들을 생각해 보았다.

춥다, 위에 옷 걸치고 나가거라

차가운 거 먹지 말고

잘하고 오너라

안 되더라도 괜찮아

항상 최선을 다해 왔잖아

그래도 여전히 사랑해

항상 네 편인 거 잊지 말고

언뜻 생각해도 이렇게나 많은데 내가 그들에게 해 주었던 말은 잘 생각나지 않았다. 그렇게 다짐했는데, 나는 아직도 제자리였다. 지나고 나서 후회할 걸 알면서도 입 밖으로 고맙다, 사랑한다 말 꺼내기가 왜 그렇게 힘든 건지. 눈을 마주보고 살갑게 말을 건네지 못하는 성격 탓이기도 하다. 그나마 다행인 것은 몇 통의 손편지를 쓴 적이 있다는 것이다. 차마 말하지 못했던 것들을 글로 전하는 것. 그것이 내가 가진 최선의 표현 방법이다.

그래서 종종 펜을 든다. 편지지가 아니라도 쓴다. 편지를 쓰는 일은 사랑하는 일이기에 저절로 순한 단어들이 하나둘 연상된다. 그 단어들이 모여 다정한 문장이 만들어지고 하나의 진심이 봉투 속에 동봉된다. 우리가 사는 세상이 꼭 다정한 것만은 아니지만 편지 속 세계에선 한없이 따뜻해질 수 있다. 우리의 연이 다하기 전에 더 많은 편지를 써야겠다. 그리고 이따금 용기 내어 나의 발음으로 꼭 말해 주어야겠다.

"고맙습니다. 빈틈 없이요."

론도

되풀이되는 것들
같은 실수를 반복하면
의지가 없는 거라는 말
같은 이유로 멀어져 버린
사람들
아직 남아 있는 이들에게
잘해야지 하지만
늘 미안한 마음으로
되풀이하는 것들

한강에서

지평선에 간신히 걸려 있는 해
오렌지빛으로 물든 양떼구름과
그 하늘 오롯이 담긴 강물
이쪽에서 저쪽으로 흐르는

지그시 바라보면
나를 반쯤 안아 주는 것 같아
흐를 수 있는 것들은
모두 흘려 보내는 강물을 닮을 수 있을까

내게 멈춰 있는 과거의 흔적들
날마다 자라나는 상처
다 순간이라고 다 지나간다고
기꺼이 믿을 수 있을까

못다 한 이야기

#1

나의 두 번째 단행본이 출간되던 날 아침에 친구의 연락을 받았다. 가까운 사이는 아니었지만 그렇다고 아주 먼 사이도 아니었던 우리. 주고받는 연락이 부담스럽지 않은, 그런 좋은 사이였다.

"준아, 출간 정말 축하해. 이따 오후에 강남역으로 올 수 있어?"

오랜만에 온 연락이었지만 뜬금없지는 않았다. 내심 연락이 올 것을 기다리고 있었던 것 같다. 우리는 해가 쨍한 오후에 교보문고 사거리에 있는 커피숍에서 만났다. 밤샘 작업을 하러 자주 갔던 곳이었는데 한낮의 카페 안은 유난히 더 예뻤다. 보라색 책들과 커피잔 사이로 자연광이 온화하게 스며들었고, 그녀와 나는 적당한 온도의 대화를 나누었다.

"한 권은 내가 가지고 나머지는 고향 친구들 선물하려고. 전부 다른 이름인데 지금 불러 줄게. 너 오기 전에 조금 읽어 봤는데 벌써 마음에 드는 구절이 있더라. 글 쓸 때 영감은 어디서 받는 거야?"

그녀는 내게 위로의 글과 함께 자신과 친구늘의 이름을 자필로 적어달라고 부탁했다. 좋은 선물이 될 수 있을 것 같아 또박또박 정성껏 적었다. 책 내지에 꽃 그림을 자그마하게 그렸더니 그녀가 까르르 웃었다. 그러면서 앞으로도 계속 글을 써 주길 바라고 조금 이르지만 다음 책도 한껏 기대하겠다 했다. 겨우 20분 남짓이었지만 그녀의 진심 어린 응원은 내 마음에 온기를 심어 주기에 충분했다.

"조만간 또 보자."

그렇게 말하면서도 우리는 서로 알고 있었다. 우리가 다시 만나기까지 아주 오랜 시간이 걸릴 것란 사실을. 하지만 상관없었다. 서로가 서로를 응원하고 있음을 굳이 말하지 않아도 알고 있었으니까.

#2

그녀와 나는 그 뒤로 몇 달간 연락을 주고받지 않았다. 매사에 열심이던 친구였기에 크게 걱정되지 않았다. 모든 인연이 보이지 않는 실로 연결되어 있다고 믿었기 때문에 언젠가 다시 만나면 그때처럼 유쾌한 대화를 나눌 수 있겠지 싶었다. 그러던 어느 가을날 그 친구를 함께 알고 있던 동생에게 갑작스런 전화가 왔다.

"오빠, 언니 소식 들었어?"

심장이 내려앉았다. 그녀의 사망 소식이었다. 처음엔 그 사실이 도저히 믿기지 않았다. 우발적이었던 건지 계획적이었던 건지는 모르겠지만, 그녀의 페이스북에는 이미 추모의 글들이 수도 없이 올라오고 있었다. 나는 한 번도 누군가의 죽음을 예고 없이 맞아본 적이 없었다. 지금 당장 연락해도 영영 회신이 오지 않을 거라고 생각하니 무섭기까지 했다. 그 다음 밀려온 감정은 죄책감이었다. 며칠 전에 안부라도 물었더라면, 문자 한 통이라도 했더라면 분명 내가 도움이 될 수 있었을 텐데. 하지만 파도는 이미 부서진 후였고, 바다는 말이 없었다.

방금 소식 들었는데 뭐라고 말해야 할지 모르겠어. 내 책이 나왔을 때 가장 먼저 서점에 달려가 췄던 사람이었는데, 다음에 또 보자는 인사가 유언이 될 줄은 꿈에도 몰랐어. 지금 할 수 있는 거라곤 떠난 자리에 고작 짧은 글 하나 남기는 일이라니…… 나에겐 너무 고마운 사람이었고 항상 다음을 기약하고 싶은 사람이었어. 내가 써 줬던 글처럼, 하늘에서는 분홍이기를 바라. 다시 만날 때까지 안녕.

마음을 가다듬고 남겼던 글이다. 그녀의 페이스북에는 아직도 내가 이름을 넣어 만들어 준 글이 대문으로 걸려 있다. 항상 밝게 해 주던 인사가 기억난다는 말이나 웃는 모습이 아직 선한데 침통한 마음이라는 글들이 아직도 많이 올라와 있다. 그중 가장 슬픈 말은 '마지막인 줄 알았다면'으로 시작하는 것들이다. 마지막인 줄 알았다면 바빠도 그때 만날 걸, 보고 싶다고 사랑한다고 한마디라도 더 할 걸.

마지막인 줄 알았다면.

여백

미칠 듯이 마음을 아프게 하는 것들이 있다

그럴 땐 온 힘을 다해 뒤돌 준비를 해야지

지나간 일들은 이미 지나갔다는 걸 받아들여야 하니까

놓아주자, 손 펴면 다 흩어져 버릴

모래알 같은 순간들

나만 잡고 있다 하염없이 슬퍼져 버린

이제는 여백이 되어 버린

시간들

시나브로

시간의 귀퉁이가 닳을수록
상처도 아물어 간나
아무 일도 없었던 것처럼
살아갈 순 없겠지마는

함께 끄덕이며

"다들 힘들고 그런 거지."

나는 한 사람의 고통을 이런 식으로 함축해 버리는 말에 동의하지 않는다. 다들 그런 거니까 내가 힘든 것도 특별할 게 없다는 맥락의 이야기들. 그런 약은 아무리 처방해 주어도 결국은 깊은 아픔에 도달하지 못한다. 힘들어하는 사람은 그 처지와 상황을 이해하고 공감해 주기를 바라는 것이니까. 물론 받아들여야 하는 현실에 대해 따끔하게 이야기해 줄 필요도 있겠지만, 앞서 해야 하는 건 '고생했어'라 말하며 팔을 뻗어 축 늘어진 어깨를 감싸 안는 일이다. 힘겨웠던 날들에 대해 함께 끄덕이고 삶에 대한 열망을 다시 불어넣어 주는, 우리에겐 그런 위로가 필요하다.

또 살아내며

"넌 졸업하면 뭐할 거야?"

학생 때는 선배나 친구들에게 이런 질문을 자주 들었다. 사소하고 당연한 질문이었을지는 모르겠지만, 듣는 사람 입장에서는 참 곤란했다. 미래에 대해 생각하곤 있지만 열렬히 걷고 싶은 길이 있는 건 아니었기에 확신에 찬 대답을 하기가 힘들었다. 잘 모르겠다고 하면 불성실한 사람처럼 보일까 봐 어떻게든 모범답안을 내놓으려 했다. '전공을 살려'라거나 '그때 같이 뵀던 선배처럼'이라는 뻔한 대답 말이다. 그런데 나는 지금에 와서야 고쳐 대답하고 싶다.

"당장은 모르겠어요. 어차피 계획대로 되지 않는 게 삶인데, 그저 매 순간 주어진 걸 열심히 하면 되지 않을까요? 꼭 그때 무엇이 되지 않아도 괜찮을 것 같아요. 저는 또 살아내며 다음으로 좀 더 걸어 볼 테니까."

열정에 대하여

사람이 어떻게 매일
열정을 가지고 살아가나요
아무것도 안 하고 쉬어가는 날도 있는 거죠
제가 아무것도 안 한다고 아무 생각이 없는 건
아니에요

저도 다 생각이 있다고요
안부를 묻지 않아도 돼요
근황을 묻는 건 가끔 폭력적이거든요
저는 저대로 살아갈 거예요

그런데 조금만 쉬고요

오늘은 딴짐을 잘 서예요

내일을 생각하지 않을 거예요

이것도 저에겐 너무나 의미 있는 일이죠

너무나 열정적인 일이죠

나를 위한 거예요

당신 말고 나요. 나

외줄 타기

자기소개서를 쓸 때 가급적 쓰지 말라는 것들이 있다. 그중 가장 많이 언급되는 게 '너무'나 '아주'와 같은 단어들이다. 그런 단어들은 의미가 추상적이어서 정도를 가늠할 수 없다는 게 그 이유다. 하지만 나는 그런 사람이다. 모든 게 너무 하다. 너무 사랑하거나 너무 사랑하지 않는다. 너무 심장 가까이 두었다가 다치기도 하고, 너무 멀리 두었다가 잃고 나서 꽝꽝 울기도 한다. 사람을 너무 믿었다가, 때론 너무 기대했다가 그만큼의 실망감을 안고 집으로 돌아오기도 했다. 몇 년 전엔 너무 잘해 주려다 바보같은 사람이 되기도 하였는데 얼마 전엔 너무 못해 주어 사람을 울렸다. 나는 그런 사람이다. 모든 게 너무-

최선의 응원

괜찮다는 말을 들으면 잠시나마 위로가 되기도 했지만, 그 순간이 지나가면 다시 괜찮지 않은 날들이 되풀이됐다. 그런 위로가 밝은 미래의 신호탄이 되어 주지는 않았으니까. 밝은 미래는커녕 칠흑의 어둠만 계속되었던 때. 비껴가기만을 바랐던 운명이 눈앞에 들이닥치고 감당할 수 없는 절망적 상황이 오기도 했다. 그때마다 나를 다음으로 견인해 나갔던 힘은 다름 아닌 '믿음'이었다. 캄캄한 골목 어귀에 넘어져 좌절하더라도 다음 걸음을 내딛을 힘이 내 안에 있다고 믿는 것. 그것이 스스로에게 보낼 수 있는 최선의 응원이었다. 역경을 딛고 일어서는 힘은 우리 모두에게 내재되어 있다. 힘을 받으라고 하지 않고 '힘내'라고 말하는 이유도 그 때문이다. 좁고 험한 길을 걷더라도, 살아가는 일이 순조롭지 못하더라도 자신을 믿고 전진하자. 다음으로, 또 다음으로.

그날 안부

이제 좋은 일만 있기를 바라
하며 당신이 말했다
나는 좋은 일만 있을 순 없겠지만
자주 행복하길 바라
했다

슬픔에 대하여 1

가끔 우리는 서로의 슬픔을 비교해 보곤 한다. 그러다 보면 누가 누가 더 힘든 길을 걸어 왔나 경쟁하는 느낌을 받을 때도 있다. 이야기를 해 보면 어딜 가나 나보다 슬프다 말하는 사람들이 있었다. 나보다 아픈 이별을 겪고, 나보다 심한 우울을 앓고, 나보다 험난한 인생길을 걸어온 사람들. 물론 그렇다. 절망에 사로잡혀 유서도 없이 낡은 건물 옥상으로 올라가고 있는 사람보다, 의사의 담담한 어조를 통해 희귀 난치병 진단을 받은 사람보다, 회사의 부도로 하루 아침에 빚더미 위에 주저앉게 된 사람보다 나는 슬프지 않다.

누가 보아도 나는 그들보다 가벼운 슬픔을 앓고 있다. 그렇게 계속 비교해 나가다 보면 나보다 경미한 슬픔 때문에 울고 있는 사람도 반드시 있을 거라는 생각에 당도한다. 그렇다면 그의 슬픔은 아무것도 아닌 걸까? 아무것도 아니어서 한낱 먼지처럼 여겨도 되는 걸까? 나는 그렇게 생각하지 않는다. 하찮게 여겨도 되는 슬픔은 없다. 누구보다 슬프다거나 누구만큼 슬프지 않다거나 하는 말들은 그저 자신의 슬픔을 일시적으로 견뎌내기 위한 변명일 뿐. 슬픔은 줄 세워 비교할 수 있는 대상이 아니다. 모두가 서로 다른 모양의 감정을 안고 살아간다. 그러니 각자의 슬픔을 인정하고 안아 줄 수 있다면 좋겠다. 무너지고 쌓아 올리고 또 부서지기를 반복하겠지만. 누군가는 그때마다 따뜻하게 껴안아 주기를 지금도 절실히 바라고 있을지 모른다.

슬픔에 대하여 2

갑자기 페이지 넘기듯 봄이 왔는데 왠지 모르게 슬프다. 이름 모를 꽃이 피어나고 해도 점점 길어지는데 왠지 모르게 슬프다. 특별한 불행이나 실패를 겪고 있는 것도 아닌데 미세하게 슬프다. 이것도 계속 쌓이면 비통해지겠지. 하지만 다행히 그런 자잘한 슬픔도 슬픔으로 쳐주는 사람이 있다. 그건 바로 나 자신이다. 내슬픔을 데리고 전부터 가고 싶었던 이태원의 어느 카페로 간다. 바깥 테라스에 앉아 따뜻한 라테를 조금씩 마시며 선선한 풍경을 눈에 담는다. 청명한 하늘. 그 아래에 오고 가는 각기 다른 사람들. 생각 없이 바라보다 시간이 늦어지면 또다시 내 슬픔을 데리고 심야 영화를 보러 간다. 아무도 없다. 아무도 없어서 자유를 잠깐 대여한 것 같다. 영화와 핸드폰을 드문드문 번갈아 보다 보면 어느새 엔딩 크레딧이 올라간다. 집으로 저벅저벅 걸어온다. 문 닫은 가게들 안쪽으로 빈 의자들이 내일을 위해 가지런히 정돈되어 있다. 데리고 다녔던 슬픔도 그쯤 되면 내일을 위해 조금은 정돈되어 있다. 자기 자신의 슬픔을 알아준다는 것. 그건 솔솔 부는 봄바람 같은 위로가 아닐까.

설명이 필요한

맑고 화창했던 어느 날
뉴스에서는 먼 나라의
폭설주의보를 전했다
그렇다면 이 순간
누군가의 마음도 얼음장 폐허이거나
무너진 겨울일까
그렇다면 또 다른 누군가의
멀쩡하고 번듯한 하루는
어떻게 설명해야 할까

아로새기며

의도하지 않아도 은연중에 남들과 비교하게 될 때가 있다. 그럴 때마다 다른 사람들은 잘 살아가고 있는 것 같은데 그에 비해 나는 초라하다는 느낌을 받게 된다. 내 마음은 얼음장 폐허인데 누군가의 하루는 저렇게 멀쩡할 수 있다니. 순식간에 깊숙이 침투하는 우울감과 박탈감. 그것이 현실인 걸 알지만 수긍하는 과정이 쉽지만은 않다. 하지만 내 삶을 내가 사랑하지 않으면 누가 대신 사랑해 줄까? 타인의 인생과 견주어 보고 그 삶을 동경하며 자신을 보잘것없이 여기는 것만큼 슬픈 일이 또 없다. 사람은 생물학적으로 수명이 다하면 죽지만, 살아 있는데도 죽은 것이나 마찬가지인 경우가 있다. 바로 '내가 나이기를 포기할 때'다. 남은 남이고 나는 나다. 다른 사람의 삶에서 자신을 찾는 건 나이기를 포기하는 행위다. 주변의 일들에 눈 감고 귀 닫고 살 수는 없겠지만, 나의 삶도 아무 이유 없이 사랑받을 자격이 있다. 그만큼 모자람 없이 소중하고 아름답기 때문이다. 그러니 '언제나 시작은 자신을 사랑하는 것부터'라고 마음에 아로새기며 살아가기로 한다.

불빛바다

산에 올라 멀찍이 아래를 내려다보면 도시의 불빛들이 환하고 곱게 빛난다. 초점이 나가서 살짝 번진 것처럼 보이는데 그 풍경이 참 영롱하게 느껴진다. 아파트 거실에서 나오는 형광등의 백금빛과 하염없이 대로를 달려가는 차들의 전조등 불빛들. 아마도 거실에 앉아 저녁 뉴스를 보고 있는 사람은 집 안에서 뻗어나간 불빛이 그리 아름다운지 모르고 있을 것이다. 차를 운전하고 있는 사람도 자신이 얼마나 밝고 청아한 빛을 내며 이동하는지 모르고 있겠지. 멀리서 보면 쉽게 보이는데 정작 본인은 잘 알아채지 못한다. 자신이 가진 빛이 얼마나 찬란할 수 있는지.

반딧불

각자의 인생은 그 자체로 아름답다

그렇게 여기는 사람에 한해서만

발걸음

우리는 이런저런 고민을 안고 살아간다. 인간관계를 유지하기 위해 속마음을 숨기는 게 맞는 걸까? 속절없이 시간이 지나가 버려 허겁지겁 먹어 버린 나이는 어떡하지? 내 사람이라고 믿는 그 사람이 진짜 내 사람이 맞을까? 하며 걱정하기도 하고, 이대로 살아도 괜찮을까? 와 같은 생각 때문에 마음속으로 괴로워하며 애를 태우기도 한다. 다만 우리는 아무것도 모르고 이 세상에 태어난다. 그렇기 때문에 질문과 고민이 많은 건 오히려 당연하다. 그중에는 머리속에 고질병처럼 도진 고민들이 있을 수도 있겠다. 하지만 계속해서 끙끙대고 고민하며 발걸음을 조금씩 앞으로 내딛는 것이 중요하다. 길은 걸으려는 사람에게만 주어지니까. 몹시 고민하고 있다면, 잘하고 있는 거라 감히 말하고 싶다. 그대로 살아도 괜찮다고, 그거면 된다고.

가벼운 발걸음

한낱 농담처럼 살아가고 싶다. 순간순간 실없이 웃고 장난치며,
돌아갈 길을 위해 빵가루를 흘려 두지 않아도 좋을……

담담하게

나는 길을 자주 잃는 사람

민들레 씨앗의 행방을 찾듯이

안다는 것

글을 쓰게 되면서부터 고민 상담을 요청하는 분들이 늘어났다. 하루에도 몇 통씩 소셜 미디어를 통해 그런 메시지가 온다. 최근에 이별해서 힘들다거나 자존감이 낮아서 늘 우울하다거나 하는 내용이 주를 이룬다. 혹자는 언제부터 글 쓰는 사람이 상담사가 되었냐며 개탄스럽게 생각하였는데, 그 말도 일리가 있었지만 내가 조금이나마 도움이 될 수 있다면 그 자체로 의미 있다는 생각에 꽤나 열심히 답변을 드려 왔다.

자존감에 대하여, 불안에 대하여, 믿고 일어서는 법에 대하여 또는 나로 살아가는 것에 대하여 정성껏 회신해 왔다. 그것이 도움이 되든 되지 않든 간에 그저 내게 '고맙다' 말씀해 주시면 그게 참 뿌듯했다. 나도 누군가에게 힘이 될 수 있다는 것만으로 마음이 낙낙해질 수 있었으니까.

진행했던 여러 강연에서도 그런 주제들에 대해 곧잘 이야기했다. 마이크를 잡고 커다란 화면을 가리키며 이런저런 생각들을 말하다 보면 한 시간도 짧게 느껴졌다. 그런데 어느 순간부터 강연도 상담도 더 이상 하지 않게 되었다. '잠깐 쉬어야겠다'는 생각이 강하게 들어서였다. 왜 그랬을까? 그렇게 의미 있다 여긴 일들을 돌연 그만두게 한 반력(反力)은 어디서 비롯된 것이었을까?

실은 내가 진짜로 알고 있는 것은 없었다. 아니, 안다는 것이 실제로 가능한지 의구심이 들었다. 자존감에 대해서, 불안에 대해서 그 외 다른 감정들에 대해서 나는 도대체 무얼 알고 있는 걸까. 이 생각이 들고 나서부터는 그런 주제들에 대해서 말하는 게 꺼려졌다. 읽은 적 있지만 잊고 있었던 소크라테스의 말이 떠올랐다. "나는 아무것도 모른다는 것을 안다."

물론 나는 사색했다. 감정의 세밀한 부분을 찾아내어 조심조심 들고 와 글로 옮기는 것이 나의 업이기 때문이다. 하지만 그것은 내가 아는 만큼일 뿐 그 감정들의 총체를 알지는 못했다. 그리고 한 가지 더. 나는 나의 이야기를 듣고 있는 사람에 대해서 알지 못했다. 상담을 요청해 온 개개인의 역사와 속사정을 깊이 알지 못했던 것이다. 막연히 '위로'가 필요할 거라 판단했을 뿐.

무지를 인지했을 때 마음에 꾹 하고 눌러 앉는 당혹감. 그 당혹감 때문에 이듬해 봄에 예정되어 있던 강연들을 취소하면서 죄송한 마음이 들었다. 봄에도 강연으로 찾아 뵙는다 말씀드려 놓고 갑자기 취소하였으니. 신청을 시작한 상태가 아니었던 게 그나마 다행이었다. 그래도 잘했다는 생각이 든다. 완전히 알 순 없지만 조금 더 알게 된 후에 해도 늦지 않을 거라 믿는다.

얼마 전 있었던 행사에서 "자존감이 낮은데 어떻게 해야 할까요?"라는 질문이 나왔다. 나는 마이크를 끄고 이 질문은 잘 모르겠다고 했다. 그랬더니 함께 진행하던 다른 작가님께서 단골 질문이라 잘 안다며 질문 종이를 가져가셨다. 행사 전 미팅에서도 예상 질문들에 대해 이야기하며 "이런 건 잘 모르겠습니다, 저 부분은 잘 모르겠습니다" 했다. 대답하더라도 "잘은 모르겠지만 이렇게 생각합니다" 했다. 글 쓰는 사람이 이런 것도 모르나 하셨을 수도 있지만, 그런 건 아무래도 괜찮았다.

나는 지금 무지의 고지에서 추락한 후 인지의 산을 다시 올라가고 있다. 소크라테스는 "알지 못하는 일은 그대로 모른다고 생각하고 있다는 점에서 내가 그 사람보다 현명하다"고 했다. 이제는 모른다는 걸 인지하고 낮은 자세로 탐구하며 배워가려 한다. 눌러 앉아 있던 당혹감은 점차 희미해졌다. 비로소 다시 사람들 앞에 서서 말할 수 있을 것만 같다.

모르지만 알기 위해 고군분투하는 것들에 대하여─

알 것 같았던 것

나를 빤히 바라보던 당신 눈빛의 의미
앞서 준비한 말이 있는 것 같았는데
아무 말도 하지 않아서
아무 일도 없었던

알고 싶지 않았던 것

그때 당신 마음

알 수 있는 것

나는 아무것도 모르지만, 안다고 확실히 말할 수 있는 것이 있다. 바로 나의 '느낌'이다. 이를테면 허기짐 같은 것. 하루는 피자가 먹고 싶은 느낌이 났다. 그래서 평소 좋아하던 마르게리타 피자를 먹은 후 근처 카페에서 커피를 마셨다. 배가 든든해서 졸린 느낌이었지만 작업을 미룰 수 없어 원고를 다시 한 번 읽어 보았다. 여기서 말한 '느낌'들은 내가 분명 안다고 할 수 있는 것들이다. 누구나 자신의 느낌은 정확히 알 수 있다.

사랑도 그렇다. 누군가 나를 사랑해 주면 그런 느낌이 난다. 말로 설명하기는 힘들지만 느껴 본 적 있는 사람은 알 수 있다. 내가 누군가를 사랑하는 일도 마찬가지다. 사랑해 보지 않고서는 그 감정을 백 번 묘사해 봐도 이해할 수 없다. 물론 매 순간 좋을 수는 없을 것이다. 하트 모양 같은 사랑도 있겠지만, 누군가는 송곳 같은 사랑을 하고 있을 테니까. 다만 사랑하고 있는 모든 사람이 어떤 '느낌'을 받고 있다는 것은 틀림없는 사실이다. 그것을 받아들이는 사람과 회피하는 사람이 있을 뿐.

알 수 있지만

나는 애인의 눈빛에서 성큼 다가오는 이별을 느껴 본 적이 있다. 그 느낌은 너무도 확실해서 피하고만 싶었다. 무슨 의미인지 알 것 같았지만 더 이상 알려고 하지 않았던 그날 그 사람 눈빛. 미안해서 자꾸만 이별을 미뤘던 걸까? 살얼음 위, 살짝이라도 힘을 주면 모든 게 깨져 버릴 것 같아서 미동도 없이 서 있으려 했던 내가 있었다. 아주 선명하게 알아 버렸지만 모른다 말하고 싶어서, 자꾸만 진실을 외면하고 싶어서.

이어짐의 형태

가깝다 생각했던 사람들은
언제 그랬냐는 듯 남이 되어 버리고
오히려 먼 사람들에게
속 이야기를 더 편히 꺼내 놓는다
누가 나의 사람이고 누가 아닐까
도대체 어떤 진심을 믿어야 할까
이어짐의 형태가 내겐 너무 버겁다

잠투정

번화한 도시
두루두루 사람들을 만나지만
밤이 되어 천장을 보고 누워 있으면 하게 되는
혼자가 아닐까 하는 생각

나는 분명 혼자가 아닌데
당장은 아무도 떠나지 않을 텐데
망망대해에 홀로 떠 있는 섬처럼
끝도 없이 공허해지는 밤

그럴 때 가장 최선은 잠에 드는 것
잠깐 잊게 되겠지만
또다시 하게 되겠지
혼자가 아닐까 하는 생각

가지치기

만나기로 약속했더라도 먼저 연락하지 않으면 약속 시간까지 연락이 없거나 꼭 시간이 다 되어서 갑자기 약속을 취소하는 사람들이 있다. 그러고는 사과 한 마디 하지 않는 경우도 가끔 겪곤한다. 한두 번이면 넘어갈 수 있겠지만 계속되면 그것도 스트레스로 쌓여간다. 그런데 요즘은 어느 정도 받아들이는 편이다. '아, 이 사람한테는 내가 이 정도구나' 하면서. 약속을 중요하게 여겼으면 그렇게 행동하지 않았을 것이다. 기다린 시간은 아깝지만, 어쩌면 이런 일로 사람들을 정리하는 것도 건강한 인간관계의 방법이 아닐까 한다. 모든 관계를 붙들고 있을 필요는 없으니까. 나무도 가지를 쳐 주어야 튼튼하게 자라듯 관계도 마찬가지다. 잘라낼 곳은 서둘러 잘라낼 수 있는 우리가 되었으면 좋겠다.

더 이상 바보처럼 착하지는 않았으면 좋겠다.

언제 가장 힘들어요?

믿었던 사람이 내 편이 아닐 때

위로받을 곳이 없다고 느낄 때

내 못난 모습을 감추려고 애쓸 때

나 혼자 잘해 주고 상처 받을 때

지금 있는 곳에서 내가 필요 없다고 느낄 때

반드시 이별해야 할 때

'언제 가장 힘들어요?'라고 물었을 때 사람들이 했던 대답들이다. 남의 이야기 같지 않았다. 나도 모두 겪어 보았던 일들이니까. 하지만 겪어 보았다고 해서 익숙해진 건 아니다. 능숙하게 대처할 노하우가 생긴 건 더더욱 아니다. 분명 또 일어날 일들이다. 그러면 전과 같거나 더 많이 힘들 것 같다. 그래도 한 가지 힘이 되는 건, 나와 같은 사람들이 지상에 있다는 것. 그래서 서로가 서로에게 공감해 줄 수 있고 내가 당신의, 당신이 나의 위안이 되어 줄 수 있다는 사실이다.

사하라에서

사막 한가운데 누워 있었다
뜨거울 줄만 알았는데
밤이 되니 모래가 다 식어서
살갗이 닿으면
차가웠다

사막 한가운데 누워

쏟아지는 별을 보았다

함께 있던 친구는

자기네 시골집에서 보는 하늘과

비슷하다 했지만

내 방 천장의 야광별보다는

나의 기분을 알아주는 눈치였다

알고 지내던 과학자 아저씨가

보여 주었던 영상이 생각났다

사람의 눈으로부터 출발해

지구를 지나

그 지구를 백만 개나 집어 넣을 수 있는 태양을 지나

그것보다 더 큰 Sirius나 Pollux 같은

난생처음 들어보는 별을 지나도

더 더 큰 별이 한참이나 차례로 나오던 그 영상

사막 한가운데 누워 상상해 보았다
나는 이 우주에서 얼마나 작은 존재인가
많은 천문학자들이 그런 깨달음에서 오는
상실감으로 자살을 택했다는 이야기
뜬소문이겠지만 그럴 수도 있겠다-
싶었다

그런데 상실감보다는
오히려 안도감이 내 마음에 자리했다
내가 얼마나 작디작은 존재인지 상상하고 있으면
잠깐이나마 내 걱정들이
별것 아닌 것처럼 느껴져서
잠이 잘 올 것만 같았다

반짝반짝
그건 별들이 보내는 위문 편지였을까

옆에 있던 친구는
카메라 안에 들어간 모래 알갱이를
털고 있었다

툭툭
모래 알갱이는 좀처럼 빠지지 않았다

나의 걱정도 고민도
여간해서는 털어내기 힘들겠지만
형형히 빛나는 별들이
사뭇 내 편이 되어 줄 수 있겠구나—
싶었다

가다듬기

지나간 일은 지나간 일로 묻을 것

작은 행복은 매일 있다는 걸 기억할 것

해야 하는 일 때문에 좋아하는 일을 미루지 말 것

가끔은 내일이 없는 것처럼 놀 것

영원보단 순간의 소중함을 믿을 것

꿈을 좇아가되 현실을 챙길 것

무엇보다 자신의 행복을 먼저 염두에 둘 것

흔적

좋은 글을 만났을 때 다음에 볼 수 있도록 책 모서리를 살포시 접어 두듯이, 살아가면서도 귀퉁이를 곱접어 둘 수 있는 순간들을 많이 만들고 싶다. 사소한 일상 속에서 무엇과도 바꿀 수 없는 소중한 것들을 발견하고, 그 어떤 미래도 지금 이 순간을 대신할 수 없다는 것을 습관처럼 되뇌며-

예고 없이, 설명 없이

나는 계획적이지 않다. 인생을 설계의 대상이라고 생각하지 않는 것과 결을 같이 한다. 세상은 생각보다 빠르게 변한다. 탄탄한 계획을 세워 놓아도 조금만 지나면 현재에 맞지 않는 것들 투성이다. 그래서 어떤 일을 시작하게 되면 계획을 세우는 것에는 시간을 최소한으로 투자하고 빠르게 실행한 후에 그 계획을 수정해 가면서 진행한다. 그렇게 해야 진행하는 과정에서 변수들이 생길 때 대처할 수 있기 때문이다. 처음 생각한 대로 풀린다면 금상첨화이지만, 그런 행운은 자주 생기지 않는다. 사랑하는 일은 어떨까? 아무 예고도 없이 찾아오는 게 사랑이다. 운명도 그렇고 절망도 그렇다. 희망도 꿈도 기쁨도 슬픔도 그렇다. 예고 없이 찾아온 것들은 또 설명 없이 떠나 버리기도 한다. 혹자는 이게 다 신의 계획이라고 말할 수도 있겠다. 설령 정말로 신이 이 모든 걸 계획했다고 해도 나는 그것에 대해서 미리 알 길이 없다. 그래서 나는 계획적이지 않기로 한다. 난데없이 삶에 찾아온 것들도, 별안간 훌쩍 떠나 버리는 것들도 온전히 받아들여야 하기에.

단 하나의 색

공부가 잘 안 될 때 '하얀 것은 종이요, 검은 것은 글씨다'라고 흔히 말한다. 지금 이 책에서 당신이 보고 있는 색도 그와 같을 것이다. 종이는 흰색, 글씨는 검정색. 그런데 나는 그런 생각을 하고 있자면 머리가 조금 복잡해진다. 우리가 보고 있는 흰색을 진짜 흰색이라고 할 수 있을까? 진짜 흰색이 존재한다면 그건 어떤 명도와 채도의 흰색을 말하는 걸까? 이 책을 자연광이 드는 카페에서 읽고 있다면 이 종이는 약간 빛나는 하양일 것이다. 혹 당신이 늦은 밤 백열등을 켜 놓은 탁자 위에서 읽고 있다면 이 페이지의 색은 약간의 주황을 머금고 있을 것이다. 가난하여 창밖에 쌓여 있던 눈에 책을 비추어 공부했다는 학자의 눈에는 일모의 푸른 달빛이 섞여 있었을 수도 있겠다. 그렇다면 이 중 어느 것이 진짜 흰색일까?

진짜라고 말할 수 있는 단 하나의 흰색은 없지만 우리는 이것에 대해 모두 희다고 말한다. 옳고 그름을 따지지 않고 말이다. 우리가 살아가는 삶도 그렇다. 삶이 우리가 해 온 선택들의 합이라고 볼 때, 그 선택도 색깔과 마찬가지로 맞고 틀린 것을 판단할 수 없다. 종종 새로운 도전을 할 때면 심한 반대를 하는 사람들이 있다. 심지어 어떤 사람은 면전에서 "너는 틀렸어!"라고 말하기도 한다. 지나치게 뾰족해서 사람 마음을 아프게 만드는 말들. 하지만 가장 중요한 건 "자신이 어떻게 생각하는가"이다. 자신이 선택한 것에 대해 확고한 믿음이 있고, 그 결심의 기저에 타인이 아닌 자신만의 신념이 있다면 그것은 하나의 색이 된다. 그 색은 누가 뭐라 해도 세상에서 가장 청초하고 아름답다. 당신의 믿음과 신념으로 만들어지는 삶. 나는 그 삶을 끝까지 응원하고 싶다.

간극

사람마다 각자의 기준이 있다. 그 기준은 모두 달라서 내 기준에서 잘해 주었다고 해도 상대방의 입장에선 전혀 그렇지 않을 수 있다. 사실 그런 기준의 간극이 관계를 힘들게 만든다. 나의 최대가 상대의 최소라면 그 사람과 나는 처음부터 인연이 아니었을지도 모르겠다. 그게 연인 사이든 친구 사이든 말이다. 그래서 나는 여태 서로 맞지 않다는 이유로 수많은 인연을 지워왔다. "우린 안 맞는 것 같아"라고 말하고 떠나 버린 적도 있고, 말없이 조금씩 멀어진 적도 있다. 어쩌면 관계에 있어서 많은 노력을 하지 않았을지도 모른다. 기다리면 내게 꼭 맞는 사람들이 오겠지. 나와 맞지 않는다면 어차피 떠나겠지. 이런 식으로 말이다. 하지만 관계가 처음부터 퍼즐 조각처럼 딱 맞는 건 불가능에 가깝다. 우리에겐 서로 맞추어 갈 수 있는 가능성이 주어질 뿐이다. 나는 여태 그 가능성을 소중히 여기지 않았기에 수많은 인연을 놓쳤다.

이제는 더 이상 붙잡을 수 없는 사람들 얼굴을 한 번씩 떠올려 본다. 미안한 일이 많았다. 인연의 무게를 가벼이 여겨서 미안한 일이 많았다. 이제서야 하는 반성이지만, 이제서야 하는 반성이 지만.

길 건너

돌아올 수 없는 길을
자신 있게 건너고
되찾을 수 없는 말들을
기필코 사람 마음에 꽂아 넣고
알면서도 그렇게 물을 엎지르고는
그게 눈물이 될 줄 몰랐다는 듯이
비로소 하고 마는
후회라는

인연과 운명 사이

어째서 나는 매번 겨울 나무이고

당신은 적도 부근에 있는가

음각

사람들은 나를 강하고 똑 부러지는 사람으로

생각하곤 했지만

사실 난 외로웠고

그래서 의지할 곳을 찾고 싶었다

그저 어떻게 해야 할지 몰라서

괜히 강한 척

찔려도 아프지 않은 척

그렇게 속으로만

병을 키웠다

병

'사람들이 싫어하지 않을까?' 하는 고민을 병적으로 하던 때가 있었다. 크게 벗어나는 행동을 하지 않았는데도 괜히 '그 사람이 싫어하진 않았을까?'라든가 '마음에 안 드는 게 혹여나 있었을까?' 하면서 계속 신경을 쓰는 버릇 때문이었다. 그래서 해야 하는 일에 집중하지 못하거나 잠을 못 자는 일도 빈번했다. 나중에 알고 보면 아무것도 아닌 일이 대부분이었지만 아무리 멈추려 해도 걱정거리가 새어 나왔다. 사람들이 나를 싫어할 수도 있다는 게 두려웠나 보다. 모두가 나를 좋아하지 않을 수 있다는 당연한 사실을 외면하고 싶었던 나. 너무 욕심을 부린 게 아닌가 싶다. 누군가 나를 미워할까 봐 불안해서 자꾸만 나 자신을 갉아먹고 있지는 않았을까? 그런 욕심이 마음의 병으로 자리하기 전에 다시 한 번 감내하기로 다짐한다. 모두가 나를 사랑하지 않을 수 있다는 것. 그래서 모두가 내 편이 될 수는 없다는 것.

앙금

화내고 싶을 때 화내지 못하고 울고 싶을 때 마음껏 울지 못하면
풀리지 않은 감정들이 앙금으로 차곡차곡 쌓여 간다. 그러면 특
별한 이유 없이도 뜻밖의 짜증을 내게 된다. 당장의 감정에 충실
하지 못했던 탓에 전혀 다른 곳에서 참아왔던 것들을 해소하게
되는 것이다. 남들에게 친절한 것보다 더 중요한 건 자신에게 좀
더 착해지는 일 아닐까. 스스로의 편을 들어주는 온기가 필요한
시점인 걸지도 모른다.

애씀

아무리 찬란한 미래를 상상한다 해도 흘러가는 현재의 무엇도
대신할 수 없다. 미래에 대해 애쓰는 동안 지금 이 순간을 살고
있는 나라는 존재가 지워지고 있는 건 아닐까.

자신에 대하여 1

자신에 대해 잘 알아야 한다는 말을 우리는 흔히 듣는다. 명사의 강연이나 자기계발서에서 그런 내용을 어렵지 않게 접할 수 있기 때문이다. 무엇을 좋아하는지, 무엇을 원하는지, 내가 가고자 하는 방향은 무엇인지. 그런 삶의 본질적인 부분을 고민하라는 것이다. 누군가가 아무리 강조해도 나 스스로 그렇게 생각하지 않으면 한 귀로 듣고 흘렸겠지만, 나도 그 부분에 동의한다. 그래서 유학 시절 대부분의 시간을 '내가 누구인가'에 대해 고민하는 데 할애했다. 나는 무엇을 좋아하는 사람일까? 어떤 일을 하면 행복할까? 누구나 다 하는 고민이겠지만 당시 내겐 가장 큰 문제였다. 그전까지는 그런 생각을 한 번도 제대로 해 본 적이 없기 때문이다. 시스템에 갇혀 해야 하는 것들만 하면서 살아왔기에 정말로 하고 싶은 게 무엇인지 한 번도 골몰해 본 적이 없었다.

그때부터 이것저것 해 보기 시작했다. 전공과 관련 없는 공모전에도 나가보고 회사나 기관에서 인턴도 해 보면서 진심으로 할 수 있는 일을 찾고 싶었다. 하지만 스스로 좋아할 거라 생각했던 일들은 대부분 나에게 맞지 않는 옷인 경우가 많았다. 그런데 그때 유일하게 즐거워했던 것이 바로 '독서'였다. 유년 시절 그토록 싫어했던 독서를 어쩌다 즐겁게 느꼈는지 모르겠지만, 춥고 배고픈 유학 생활에서 찾을 수 있는 소소한 행복이었다. 그때부터 시간이 나면 책을 읽었다. 읽는 것을 꾸준히 하다 보니 글도 직접 쓰게 됐다. 처음에는 좋은 문장을 필사하거나 일기를 쓰는 게 고작이었지만. 공책에 쓰다 보니 인터넷에도 글을 올리게 되었고, 그때를 기점으로 독자 분들이 조금씩 생겨났다. 그 후로 한결같이 글을 썼더니 책을 낼 수 있는 기회도 찾아왔다. 그렇게 한 권, 두 권 출간을 했고 어느덧 세 번째 단행본까지 세상의 빛을 볼 수 있게 되었다.

나 자신에 대해서 치열하게 고민하였기에 무엇이 내게 맞지 않는지 알 수 있었고, 좋아하는 일을 하나 찾아 그것을 데리고 꽤나 즐겁게 세상을 여행해 왔다. 물론 글 쓰는 일이 재밌기만 한 건 아니다. 글을 쓴다는 건 필사적인 노동이기 때문이다. 매번 틀을 깨고 나아가는 고된 노력이 필요하다. 그래도 내가 사랑하는 일이어서 모든 과정이 행복했다. 나 자신에 대해서 고민해 보지 않았다면 아마 지금도 길을 잃고 헤매고 있었을 게 분명하다. "좋아하는 걸 찾고, 그걸 열심히 하세요!" 이렇게 자신 있게 말하지는 못하겠다. 현실적으로 좋아하는 것보다 해야 하는 것들을 먼저 챙겨야 할 수도 있으니까. 다만 누군가 그 사이에서 고민하고 있다면 살면서 한번쯤 좋아하는 걸 위해 몸을 던져 보라고 이야기하고 싶다. 그건 내가 나로 살아가는 경험이라고. 그래서 힘들어도 매일 행복할 수 있다고, 힘주어 말하고 싶다.

자신에 대하여 2

자신에 대해 알아가다 보면 꼭 좋은 것만 알게 되지 않는다. 우리는 자신을 탐구하는 과정에서 안 좋은 모습도 필연적으로 마주하게 된다. 예컨대 주변 사람들이 잘되는 걸 속으론 싫어하고 있다거나, 조금의 거짓말로 순간을 모면하고 있는 비겁한 자신을 발견하게 될 수도 있다. 혹은 사랑한다 말하면서 실제로는 그렇지 않은 마음을 갖거나 다정한 말들로 속내를 숨기는 버릇이 있는 비루한 자신을 알게 될 수도 있겠다. 모든 사람이 자신만의 양각과 음각을 가지고 있다는 걸 생각해 보면, 나를 알아간다는 건 밝은 면뿐만 아니라 미처 몰랐던 어두운 그림자까지 알게 된다는 뜻이다. 그런 걸 하나하나 깨닫게 되면 '내가 이런 사람이었다니' 하는 생각이 들면서 자괴감이 들 수도 있다. 못난 모습까지 본연의 모습으로 인정하는 것은 절대 쉽지 않기 때문이다. 분명 고통스러울 것이다. 다만 그런 것들을 외면할수록 후에 감당해야 하는 괴로움도 점점 커진다. 그러니 혹 알게 되었다면, 아파도 받아들이길 바란다. 그런 모습도 자신의 일부임을 시인할 때 비로소 맑고 밝은 쪽으로 자신을 견인해 낼 수 있다.

한 시절 앓지 않고는 건너갈 수 없는 것들이 있는 법이니.

새벽 사이

나도 그리 착하지 못하여
몇몇 상처의 주인공이 되었다
하지만 못난 나도 나임을
시인하는 것도 나의 일임을
끝내 앓는다면
나도 누군가의 좋은 시절로 남을 수 있겠지
그럴 수 있겠지

새벽 뒷면

천둥을 동반한 세찬 빗줄기

지금 이 순간에도

누군가 울고 있다는 사실이

문득

기댈 곳

웃음이 많은 사람을 보면
왠지 모르게
그 속에 어떤 슬픔이 있을지 고민하게 돼

저렇게 예쁘게 웃고 있는데
속에는 시퍼런 멍이 있진 않을까
살짝만 건드려도 터져 버릴
울음이 고여 있진 않을까

다른 사람에게 숨겨야 하는 것들
내겐 보여 줘도 된다고
먼저 말할 수 있는 사람이 되어야겠다

어쩌면 내가
그 이야기 들어 줄 수 있는
단 한 명의 사람일지도 모르니까

쓸쓸한 행간

기회는 매번 있을 것 같지만
사실은 그때뿐이었다

03

다정하게

산세베리아를 선물했다
아무 말 없이도
공기를 정화하는 식물
밝은 곳에서 잘 자란다

편지도 동봉했다
아무 말 하지 않는 것보다
나은 말을 적었을까

"어두운 곳에 잘 넣어 두어요
주로 소중한 건 그렇게 보관하니까요
나중에 함께 펼쳐 보면
까르르 웃겠지요, 우리"

그때 마음

#1

갑자기 태양이 사라지면 어떤 일이 벌어질까? 항성을 잃은 지구는 궤도를 벗어나 제멋대로 떠돌기 시작한다. 지구 전체가 암흑으로 뒤덮여 보름달이 뜬 밤과 비교했을 때 300배나 어두워진다. 혼란과 대이동. 태양이 사라지고 7일 만에 기온은 영하 20도까지 내려간다는 예측. 시간이 지날수록 기온은 계속해서 하강한다. 광합성을 하지 못한 식물은 2주 안에 사멸. 잔존한 산소가 있겠지만 더 이상 산소는 만들어지지 않는다. 공기는 액체로 변하고 서서히 얼어붙어 지구 표면을 뒤덮는다. 그러면 산소를 소비하는 생물들은 결국, 멸종에 이른다. 그때 내 마음이 꼭 그랬다. 4월이면 꽃도 나긋나긋 필 때였는데 당신 떠나고 며칠은 영혼 잃은 사람이 되어 데구루루 굴러다녔다. 방 안에 햇볕 드는 게 싫어 암막 커튼을 쳐 놓고 끼니를 내리 굶었다. 바깥 온도는 조금씩 올라가는데 내 마음은 두 계절 지나도록 한겨울이었다. 얼음장. 지난 시절 감기를 전부 끌어와 한번에 앓는 사람처럼 심한 오한을 느꼈다. 키우던 선인장마저 말라 죽어 버린 밤. 선인장이라도 키우라며 생글생글 웃던 당신이 문득 떠올랐다. 끝난 적 없지만 다시 시작되는 혹독하고 추운 절기. 마음도 과연 멸종에 이를까.

다행히도 태양이 사라지면 멸종에 이르는 생물과는 다르게 마음은 그 후에도 멸종되지 않았다. 모든 게 끝이라고 생각했지만 시간이 흐르면서 앓던 감기는 거짓말처럼 다 나았다. 끼니도 잘 챙겨 먹게 되었고 일찍 일어나는 날이면 발코니에 나가 아침 노을을 바라보기도 했다. 새로운 다육식물을 들여와 키우기도 하고 공기 좋은 날엔 산책도 곧잘 했다. 표정이 줄곧 좋지 않아서 무슨 일 있냐는 걱정스러운 말을 많이 듣던 나였는데 제법 자주 웃게 되었고, 예전의 일들도 좋은 추억쯤으로 여기게 되었다. 그러다 보니 어느새 마음에 연둣빛 새순이 돋았다. 가끔은 누군가 와서 물을 주기도 하고 곁에서 돌봐 주기도 했다. 흉터는 남았지만 더 이상 아프지는 않았다. 새순이 꽃이 되어갈 때쯤 한 줄기 미풍이 불어왔고, 더 이상 보지 못할 것 같았던 봄도 내 마음으로 성큼 찾아왔다. 그때 덜컥 생각해 버렸다. 모른 척 다시 사랑을 믿어 버려도 될까?

다시, 봄이었다.

그때 심정

서로의 신이 될 수 있을 거라 믿었던 관계도
별것 아닌 이유로 하루 아침에
남보다 못한 사이가 되어 버릴 수 있다는 것
그래서 영원을 믿으려 했던
자신을 불현듯
원망할 수 있다는 것

그때 메모

새 노트를 사면
늘 첫 장에는 다짐이나 각오를
또박또박 적어 놓는다

나 자신부터 사랑해야 다른 사람도 사랑할 수 있다

사막 걷기

문득 사막에 가보고 싶어서 무작정 아프리카 대륙 북부의 사하라로 떠난 적이 있다. 머릿속으로는 비행기를 타고 사막 근처 도시에 내리면 되겠거니 했지만 사하라로 가는 루트는 생각보다 복잡했다. 일단 모로코의 수도인 카사블랑카에 도착하자마자 쉬지 않고 기차로 갈아탄 후 마라케시라는 난생처음 들어보는 도시로 몸을 옮겨야 했다. 기차가 두 시간이나 지연되는 바람에 상당히 지친 상태였는데 사람이 너무 많아 선 채로 세 시간을 꼬박 이동했다.

도착하니 깜깜한 새벽. 바가지 요금인 걸 알면서도 택시를 타고 숙소로 이동했다. 길지 않은 일정이었기에 짧은 휴식을 취하고 아침 버스로 13시간을 달려 사하라 사막 근처에 있는 도시로 다시 이동했다. 이튿날 오후가 되어서야 낙타를 타고 땡볕의 사막을 한 시간 반 동안 가로질러 사하라에 있는 캠프에 도착할 수 있었다. 그때 처음 알게 된 건 낙타가 그리 편한 이동 수단이 아니란 것이었다.

하루를 묵게 될 캠프에 도착해서 주변을 둘러보았다. 높은 모래 언덕이 캠프 전체를 감싸고 있었다. 정적. 아무 소리도 들리지 않았다. 나를 사하라까지 태워온 낙타는 지쳤는지 자리에 앉아 눈을 껌뻑이고 있었고, 지면은 뙤약볕에 이글거리는 것만 같았다. 더위에 적응을 못하고 그늘에서 쉬고 있었는데 함께 온 길잡이가 내게 오더니 해가 떨어질 때쯤 노을을 보러 언덕 위로 올라가 보라고 했다.

일행과 나는 그 장관을 놓치고 싶지 않아 시간에 꼭 맞춰 언덕을 올라가 보기로 했다. 생각보다 사막을 걷는 건 쉽지 않았다. 발이 모래 속으로 푸욱 빠졌다 나오기를 반복해야 하는데 경사가 가팔라질수록 힘에 부쳤다. 우리는 삼십 분을 넘게 걸어 언덕 끝에 도착했는데 그때, 시야에 들어왔다. 드디어 사하라였다. 때마침 할 일을 다 마친 태양이 모습을 감추고 있었고, 눈에 담긴 황금 노을이 그간의 힘든 여정을 전부 보답해 주었다.

해가 완전히 넘어갈 때까지 멍하니 바라보고 있었다. 막힌 데 없이 탁 트인 넓은 대지. 마치 무(無)의 세계를 보고 있는 것 같았다. 드문드문 휴면상태로 지내는 사막식물이 보였지만 그것 말고는 시야 내에 살아 있는 생명체를 찾을 수 없었다. 앞을 봐도, 뒤를 돌아봐도 같은 모습의 사막뿐이었다. 한 사막 탐험가는 인생이 산을 오르는 것이 아니라 사막을 건너는 것이라고 했다. 철저한 계획으로 등정할 수 있는 산과 달리, 사막은 예측 불허의 길을 지도 없이 걸어가야 한다. 그 탐험가는 사막의 그런 점이 인생과 닮았다고 생각한 것 같다.

나는 내가 사막 어디쯤에 있는지 알 수 없었다. 앞으로 쭉 걸어가면 작은 마을이 나올까? 아니, 내가 바라보고 있는 방향이 앞이 맞을까? 누군가 반대편에서 이쪽으로 걸어오고 있다면 그 사람에게는 그 방향이 앞이 아닐까? 누군가 나보다 앞서가고 있다고 해도 내가 뒤돌아 가면 그 사람은 내 뒤에 있게 된다. 내가 방향을 조금 틀어 옆쪽으로 가면 완전히 다른 길을 걷게 된다. 절대적으로 맞는 길은 없는 것이다. 끝까지 걸어갔을 때 선택했던 방향이 옳을지도 알 수 없다. 다만 우리는 방향을 하나 선택하고, 걸어간다. 마치 사막을 횡단하는 것처럼.

더 완벽한 방향을 정하기 위해 결정을 미루어 왔던 내가 있었다. 숱한 결심만 남발하면서 제자리에 머무르던 시절. 뚜렷하게 보이는 오아시스를 믿고 나아가는 사람이 마주하게 될 것이 진짜 오아시스일지 빛이 굴절되어 만들어진 신기루일지, 제자리에서는 알 수 없다. 오직 걸어 보아야만 알 수 있다. 나는 내 마음속의 나침반을 믿기로 했다. 타인의 믿음이 아니라 내 본연의 믿음이 가리키는 방향으로 나아가는 것. 그것이야말로 유일하게 옳은 길이라고 생각했다. 오직 자신이 믿는 길이어야만 혼자 걷게 되더라도, 찾던 오아시스가 한낱 신기루임을 알게 되더라도, 매서운 모래 폭풍에 휘말리더라도 그 모든 역경을 헤치고 전진할 수 있지 않을까?

사막에도 밤이 찾아왔고, 모래는 급속도로 차가워져 몸이 으스스 떨렸다. 캠프로 돌아가는 길 하늘에는 별이 하나둘씩 총총 뜨고 있었다. 하늘을 보면 매번 다짐을 늘어놓게 되는데, 그날 한 것은 각오였다.

그래, 나의 길을 믿어야지. 사막을 걸어야지. 쓰러져 죽더라도.

통증으로 번지는

저는 제 자신을 너무 혹사시켜 왔어요

타인의 기준에 이끌려 다니기도 하고

거절하면 사람을 잃게 될까 봐 조마조마

그래서 저의 마음은

아주 쉽게 바스러지는 쿠키 같았죠

싫은 소리 하나 못 하고

입을 앙 다문 채 살아가는 눈치의 연속

그럴수록 마음은 병들고

통증은 온몸으로 번지게 되어요

나도 한번 나를 위해 손을 번쩍 들고

말해 보고 싶어요

나도 사람이다 그러니까 나도

나를 위해 살아갈 거다

용기 있게요 손을 번쩍 들고요

봄편지

자정이 다 되어가는 시간. 한 통의 메시지가 왔다. 재작년부터 우울증과 공황 장애를 앓고 있다는 독자 분의 메시지였다. 작년 초봄에 우연히 도서관에서 나의 책을 읽게 되었고 그것이 연이 되어 지금까지 내 글을 읽어 주시는 분이었다. 이제는 약도 많이 줄인 상태고 마음에 여유가 생겨서 용기 내어 연락했다고 말씀하셨다.

봄이 누구에게나 찬란한 계절은 아닌가 보다. 그분에게 지난해 봄은 호시절이 아닌 정신적 불안과 절망적인 일들의 연속, 그리고 그것들로 인한 몇 번의 자살시도로 다르게 번역되었다. 그렇게 번역된 봄의 페이지는 분홍이 아니라 메마른 재색이 아니었을까. 그때 마침 나의 첫 번째 단행본을 알게 되어 읽었다고 하셨다. 평생에서 가장 힘든 시기였는데 그 책이 가만히 마음을 안아 주는 것 같아서 많은 위로가 되었다고.

주치의 말도, 가족의 말도, 지인의 말도
그 누구의 말도 들리지 않았을 때
가만히 마음을 안아 주던 책이 그 책이었어요.
정말 많이 위로받고 용기도 얻었어요.

다른 모습의 봄을 떠올려 보면서 같은 메시지를 수도 없이 반복해서 읽었다. 세상 가장 어두운 곳의 최전선에 있는 마음들. 그 마음을 언어를 통해서 위로하는 것. 그것이 내가 글을 쓰는 가장 큰 이유일 것이다. 누구나 자신만의 언어를 통해 아픈 마음을 위로할 수 있다. 꼭 책이 아니라도 말이다. 미루어 왔던 안부를 묻는다거나 드물게 편지를 하는 것으로도 충분하다. 진심의 언어가 사람 마음에 자리하면 메마른 재색 계절은 다시 분홍이 될 수 있다. 계속해서 쓰겠다는 건 내게 그런 의미다.

요즘은 전과 다르게 제 할 말도 하면서
제 본연의 모습을 찾아가고 있거든요.
다음 번엔 완치 판정 받고 인사 다시 드릴게요.
감사합니다.

이 글을 읽으셨다면, 다행히도 이 원고가 하나의 책이 되어 무사히 세상에 나온 뒤일 것이다. 비록 봄은 지났지만 안부를 묻고자 쓴 글이 있다. 그분을 포함해 힘겨운 계절을 보내고 있는 지친 영혼들 그리고 세상 모든 우울의 대변인들에게 소소한 안부를 전하고자 한다.

쾌유를 빈다. 봄은 물론이고 마음 깊은 곳까지-

봄의 안부

잘 지내시나요

유난히 감미로운 날입니다

여기저기 봄꽃이 피었다는 소식에

모든 것이 새삼스러워집니다

허나 이런 것들로 인해

제게 당도하는 걱정이 있습니다

지나치게 봄이어서

당신 한 켠에

우울이 번지진 않았는지

봄의 도착이 오히려 마음을

더 번잡스럽게 하진 않았는지

걱정입니다

이리 부드러운 계절조차

힘들게 건너가야 할 당신

잘 지내시나요

프리지아

내가 당신 옆에 있는 사람으로서 해야 한다고 생각하는 일은 당신이 무엇을 선택하건 용기를 주는 일, 슬픈 일이 있다면 그 슬픔에 기꺼이 동참해 주는 일, 내색하지 않는 힘겨움까지 눈치채는 일 그리고 무엇보다 당신을 가장 당신답게 지켜주는 일.

뜻밖의 다정

누군가의 날카로운 말이 언젠가 다정하게 느껴질 수 있다. 나를 위한 말이어서 따뜻하지만은 못했던, 그러나 분명 나를 걱정하는 마음이었던 말들. 아마도 그 사람만이 가진 다정의 방법이 아니었을까. 지금에 와서는 조금 슬퍼진다. 그때는 알지 못해서 내 마음의 문을 닫아 버리곤 했기에.

핑크 뮬리

#1

내 삶 속으로 온갖 불운과 순조롭지 못한 일들이 흘러 들어올 수도 있겠지만, 단지 이 순간이 행복하다고 느끼는 데 내게 필요한 것이라고는 깔끔한 줄노트와 낡은 만년필, 따뜻한 커피 한 잔 그리고 갓 사온 시집 정도일 뿐이다. 행복은 찾는 게 아니라 허락하는 일이 아닐까. 여분의 시간을 행복을 위해 자신에게 허락해줄 수만 있다면, 우린 얼마든지 행복해질 수 있다. 그것도 지금, 당장.

#2

그래서 요즘은 내가 좋아하는 것들을 일상 사이사이에 채워서 하루를 농밀하게 살아가고 있다. 큰 결심이 아닌 약간의 용기와 의지만 있어도 되어서 좋다. 거기서 얻은 힘으로 원하지 않지만 해야 하는 일들도 무사히 해내고 있다. 곧 핑크 튤리 공원이 개장 한다는 소식이 있다. 미루지 않고 가야겠다. 행복을 미루어서는 안 되니까.

후회라는 심해

나는 내가 사랑할 사람보다 나를 사랑해 줄 사람을 찾는 데 열중했다. 내게 사랑은 늘 그런 방식의 진행이었다. 사랑받고 또 사랑받는. 받는 것에 지나치게 익숙해지면 주는 것을 잊고 살게 된다. 하지만 나는 그것을 당연하게 생각했다. 당연하게 생각했기 때문에 소중히 여기는 것도 없었다. 나를 사랑하는 사람들은 그리 쉽게 떠나지 않을 거라고 생각했으니까. 내가 어떻게 해도 곁에 남아 있을 거라고. 그런 생각에 지배된 나는 그리 착하지 못했다. 착하지 않아도 사랑해 주었으니까. 그런데 그것은 스스로를 차가운 바다에 내던지는 것과 같은 일이었다. 쉽게 떠나지 않을 거라는 생각. 결국은 그 생각이 발목에 쇠닻처럼 묶였다. 최선을 다해 사랑을 주었던 사람은 미련 없이 떠나는데, 사랑을 받기만 한 나는 오히려 차가운 바다 밑으로 깊이 빠져들었다. 견딜 수 없는 압력으로 짓누르는 후회라는 심해. 사람을 잃는 일은 순식간에 일어났고 소중함을 깨달은 건 한참 후였다. 그때 겨우 알게 되었다. 그런 방식의 사랑으로는 곁에 아무도 남지 않을 거라는 걸. 빛이 전혀 투과하지 못하는 심해에서 외롭고 지난한 인생을 살게 될 거라는 걸.

여분의 미련

미련을 조금 남겨 둔다는 건 괜찮은 일일까. 바다를 유영하며 일생을 보낸 후 태어난 해변으로 다시 돌아와 알을 낳는 바다거북처럼, 떠난 것들이 다시 내게 돌아오는 일이 있을까.

조금씩

우리가 쉽게 꺼내지 못해서 마음에 품고 사는 사연들. 그 속에 혹
독한 고난이나 자포자기의 절망이 있겠지만, 우리는 주어진 고통
을 이해하고 버텨내면서 가끔 인생에 대해 끄덕이며 성장해 간다.

관계에 대한 여덟 가지 단상

1

당신과 나의 세계를 포개어 보면

반드시 어긋나 있다

우리는 전혀 다른 각도로 전 생애를 건너왔기 때문이다

2

그러므로 나와 나 아닌 사람들 간에는

이해의 범위를 훨씬 넘어

상상의 테두리까지 벗어나는 일들이

아무렇지 않게 일어나기도 한다

3

서로 엇나간 각도를 옮겨 놓기 위하여 얼마나 힘쓸 것인가
그러니까 이해 불가능한 한 인간의 세계를
어디까지 이해하려고 애쓸 것인가
그것이 관계의 수명을 결정한다

4

왜냐하면 상대를 이해하려는 노력을 멈춘다는 것은
관계 자체를 포기하는 것이나 마찬가지기 때문이다
그런 포기 여부에 따라
관계는 끊어지고 또 이어진다

5

포기해선 안 되는 관계가 있다기보다는
포기하고 싶지 않은 관계가 있다
나를 끊임없이 노력하게 만드는
그런 사람과는 꽤나 오랜 시간
함께 걸을 수 있었다

6

하지만 모든 이어짐에는
아픈 결별이 있어서
오래 함께 걷던 사람도
또 다른 각도로 떠나갔다

7

그렇게 사람들은
내 곁에 머무르기도
떠나 버리기도 했는데
간 사람이 함부로 돌아오지는 않았다

8

서로 다른 이야기를 가진 사람들이 만나
함께 써내려 가는 일기
그중에는 쓰다 찢어 버린 것도
나만 남아 혼자 쓰고 있는 것도 있다
나에겐 또 몇 권의 일기장이 주어질까
오래도록 함께 걸어 줄 사람이 또 있을까

먼 하늘의 끝

살아 있다는 건 뭘까
살아 있다는 건 사랑해도 좋다는 뜻일까
아직 죽지 않았으니 한번 제대로 살아보라는 뜻일까
그것도 아니면 살아 있다는 건 언젠간 죽게 되는 거라서
하지 못한 말을 지금이라도 하라는
이미 죽은 사람들의 필사적인 메시지일까

그러니까 왜 사는 걸까
죽지 못해 사는 걸까
그렇다면 당장 죽지 못하는 이유는
단순한 두려움 때문일까
혹은 나를 사랑하고 있는 사람들이 아직 지상에 남아서일까
그것도 아니면 내가 사랑하는 사람이
달빛 아래 새근새근 잠들어 있어서일까

별바다

나는 아직 세상 이편에 있다

세상은 자주 울고 가끔 웃는 곳일까

그렇다면 나는 누구를 얼마나 미소 짓게 했었나

생각할수록 부끄러움뿐이다

Dum Spiro, Spero

가끔은 내가 이방인 같았다. 주변 사람들은 다 잘 지내는 것 같은데 어째서 나만 이 모양일까. 행복한 사람들 틈바구니에서 왜 나만 혼자 힘겨워야 하는 건지. 속으론 그들도 말 못하는 슬픔이 있겠거니 했지만 그런 건 아무래도 위안이 되지 않았다. 내가 힘든 상황에서 가장 힘든 사람은 나니까. 자존감도 많이 낮아진 상태였다. 하는 말에 확신이 없었고 스스로에게 긍정적이지도 못했다. 책상에 놓여 있던 독서대에는 '지금 지옥을 통과 중이라면, 계속해서 가라'는 경구가 적힌 자석이 붙어 있었는데, 그 말은 내게 힘을 주긴커녕 나를 더 지치게 했다.

그때 나는 꽤나 높은 목표가 있었다. 사람들은 그 목표를 들으면 와- 하며 감탄했지만 실은 그저 남들이 들었을 때 번듯해 보이는 이야기를 했을 뿐, 그 목표를 성취할 수 있을 것 같지 않아서 오히려 의욕이 없어졌다. 실패에 대한 두려움이 나를 무기력하게 했던 것이다. 나의 보잘것없음을 티 내고 싶지는 않아서 사람들을 만날 때마다 무언가 열심히 하고 있던 척을 했었다. 그러면 열심히 하는 모습이 멋지다며 칭찬해 주었지만 속으로는 알고 있었다. 내가 몹시 방황하고 있다는 것을.

정말로 하고 싶은 걸 찾지 못한 탓도 있지만, 불투명한 미래가 자꾸만 걱정돼서 조마조마했다. 무엇을 해도 나는 안 될 거 같다는 불안감. 나는 그 불안감부터 없애야겠다는 결심을 했다. 먼저 처음부터 큰 목표를 가지면 안 되겠다는 생각이 들었다. 그래서 아주 작은 것부터 해 보기로 했다. 매일 짧은 한 문장이라도 공책에 필사하기. 이것은 아주 작아서 내가 바로 실천할 수 있는 것이었고, 사유하는 데 큰 도움이 되는 것이기도 했다. 다른 목표는 정하지 않고 딱 그것만 지켰는데 꾸준히 하니 그것이 '작은 뿌듯함'이 되었다.

그런 식으로 일주일에 영화 세 편 보기나 토요일마다 장보기, 심지어 맛있는 것 사 먹기와 같은 시시한 목표도 만들어서 손쉽게 완수했다. 별것 아니었지만 달성하고 나면 그것이 다른 일을 할 수 있는 자그마한 용기가 되어 주었다. 그 힘으로 매일 운동하기 혹은 매주 한 권씩 책 읽기처럼 조금 더 큰 목표를 세웠고, 또 잘 해낼 수 있었다. 처음부터 높은 목표를 잡아놓고 무기력해지기보다 작은 성공을 매일 해나갔다. 그럴수록 자신감이 점차 회복되었다.

사소한 것을 해낼 수 없는 사람은 큰일도 해낼 수 없다는 말이 있다. 내가 하고자 하는 일이 잘 안 되더라도, 스스로 달성할 수 있는 사소한 것들이 항상 존재했고 거기서 얻은 용기로 하루하루를 잘 버틸 수 있었다. 그렇게 하나씩 해나가다 보면 나도 언젠가 빛나는 날이 올 거라 믿었다. 작가가 되고 싶다는 꿈을 가졌을 때도 하루의 끝에 매일 느낀 점을 기록하는 식의 간단한 목표부터 이루어 나갔다. 그것이 나를 다음으로 나아갈 수 있는 힘을 주었고, 실제로 책이 세상에 나오기까지 자잘하고 의미 없어 보이는 성공들이 수도 없이 많았다.

인생이 실패의 연속이라고 생각할 수도 있다. 나도 그랬다. 하지만 우리는 마음만 먹으면 해낼 수 있는 사람들이다. 너무 보잘것없어서 인생에 아무 도움이 되지 않는 것이라도 괜찮다. Dum Spiro, Spero. 숨 쉬는 한 희망은 있다. 미세한 성공들이 모이고 모여 우리를 구원할 거라는 믿음 을 나는 끝까지 포기하지 않겠다.

잘산다는 것

예전에는 잘산다고 하면 누구나 알지만 아무나 살 수 없는 명품을 잔뜩 가지고 있다거나 언뜻 봐도 값비싸 보이는 외제차를 타고 쏘다니는 것을 상상했다. 그래서 나도 돈을 벌면 꼭 그런 것들을 사야겠다고 마음 먹기도 했다. 그런데 나이가 들수록 잘사는 것이 꼭 그런 것만은 아니라는 생각이 들었다. 어쩌면 잘산다는 건 아무 용건 없이 진심 어린 안부를 물을 줄 안다는 것 혹은 나의 금쪽같은 시간을 소중한 사람들을 위해 기꺼이 내어 준다거나, 내가 가진 것들 중 일부를 흔쾌히 베풀 수 있는 마음을 가지는 게 아닐까 한다. 먼 훗날 늙고 쇠약해졌을 때 내가 끌어안을 수 있는 건 세속의 물건들이 아니라 내 곁에 남아 있는 귀중한 사람들일 테니까.

잘하고 싶은 것

어린 때는 공부를 질하고 싶었다. 그저 높은 점수와 등수를 얻는 게 유일한 삶의 목표였다. 그래서 맹목적으로 열심히 했던 것 같다. 대학에 가서는 진짜 나를 위한 공부를 하고 싶어서 철학을 잘 알고 싶기도 했고 또 그간 전혀 하지 않았던 운동을 잘하고 싶기도 했다. 이렇게 배우거나 또 노력해서 잘하고 싶은 것들이 아주 많았는데, 그중에는 어느 정도 성공한 것도 있고 아예 시작조차 하지 못한 것도 있다. 그런데 요즘 내가 가장 잘하고 싶은 것은 '관찰'이다. 만나는 사람들의 표정과 습관 혹은 말투를 유심히 관찰해서 그 사람이 안 좋은 일이 있는데 애써 웃고 있는 건 아닌지, '괜찮아?'라며 먼저 말을 건네주길 내심 기다리고 있는 건 아닌지 가장 먼저 알아채고 싶다. 공부도 운동도 다 좋지만, 다정한 관찰을 잘하면 나도 누군가에게 따뜻한 사람으로 기억될 수 있을 것만 같아서.

멀리서 등기한 응원

고생했다고 생각합니다
해를 등지고 얼마나 걸어왔던가요
우리가 가는 이 길의 끝에
금빛 섬광이 나타날지 아니면
짙은 어둠이 계속될지
그건 아무도 모르겠지요

만약 당신의 노력에
좋은 결과가 있었다면
진심으로 축하합니다
만약 그렇지 못하고
아픈 실패를 겪었다면
있는 힘껏 박수를 보내겠습니다
충분히 고생했다고 생각하니까요

기억하셨으면 좋겠습니다

멀리서 등기한 응원이 있다는 것

그러므로 당신, 혼자가 아니라는 것

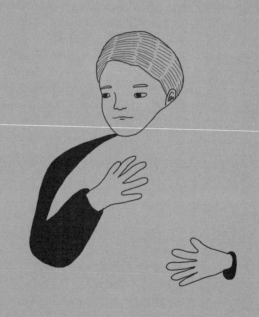

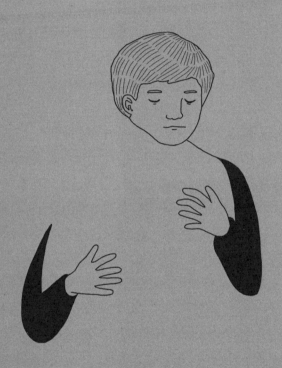

바쁘게 살아왔다

누군가의 철없는 자식으로
누군가의 서툰 애인으로
또는 멀지도 가깝지도 않은 친구로

가끔 미운 사람이 되기도 하고
아주 가끔 고마운 사람이 되기도 하며

한순간도 빠짐없이
누군가의 누군가가 되어……

관계에 대하여

#1

나는 사람들과 다투는 일이 드물다. 언성을 높여 싸우지도 않고 문제를 크게 만들어서 상황을 악화시키지도 않는다. 원래부터 그랬던 건 아니다. 둘도 없이 친했던 친구와 싸워서 남보다 못한 사이가 된다거나, 함께 사는 가족과 다툰 적이 많았다. 원만한 관계를 유지하고 싶은 마음은 있었지만, 그게 말처럼 쉽지는 않았다. 오히려 가까울수록 더 많이 부딪히게 되었고 마지막엔 마음 상하는 말 한 마디씩은 꼭 내뱉게 되었다.

그런 내가 사람들과 충돌하는 빈도가 줄어든 건 상대방에 대한 기대를 줄이기 시작했을 때부터다. '가장 친한 친구니까 내가 어떻게 대하든 이해해 줄 거야'라든가 '날 많이 사랑하니까 이 정도는 넘어가 줄 거야'라는 식의 잘못된 기대. 친한 정도나 사랑의 크기가 모든 걸 허용하는 건 아닌데도, 기대한 만큼 돌아오지 않는 것 때문에 혼자 실망하곤 했다. 그게 얼마나 이기적인 건지도 모른 채. 기대를 줄인다는 건 관계에 대해 별로 신경 쓰지 않겠다는 마음이 아니라, 관계를 더 오래 유지하고 싶은 마음에서 오는 작은 의미의 '노력'이다.

기대한 만큼 돌아오지 않는 일이 있더라도 우리는 여전히 친하고, 전과 같이 서로를 사랑한다. 그저 약간의 틈이 필요할 뿐이다. 손깍지를 한번 껴 보자. 그러면 손가락이 서로 다른 방향으로 엇갈리면서 양손이 빈틈없이 밀착된다. 이번엔 두 손을 가만히 맞대어 보자. 깍지 꼈을 때와 달리 사이사이에 작은 틈이 생긴다. 기대를 줄인다는 건 관계에 딱 그 정도의 틈을 만드는 일이다. 그러면 우리는 서로를 조금 더 잘 이해할 수 있게 된다. 맞닿은 두 손이 꼭 같은 방향을 가리키게 되는 것처럼.

#2

중학생 때 체육 선생님은 조금 특이하셨다. 보통은 수업 시간에 해당 과목을 배우는 게 전부였지만 그분은 우리에게 뭔가 더 본질적인 무언가를 가르쳐 주고 싶으셨던 것 같다. 비가 많이 와서 실내 수업을 할 때면 자습 시간을 주기 마련인데 그 선생님은 꼭 책을 한 권 가져오셔서 그 책에 나온 좋은 말들을 한 시간 내내 소개해 주셨다. 분명 인생에 도움될 만한 이야기였는데 그중 대부분은 지금 기억나지 않는다. 다만 딱 하나 기억나는 게 있는데, 그것은 체육 시간 끝에 모두 함께 복창해야 하는 문장이었다.

"남에게서 바라는 대로 그 사람에게 해 주어라."

다같이 외친 후에는 박수를 치고 수업을 마무리했다. 그 말을 1년 내내 반복하다 보니 머릿속에 영구히 박제되었다. 그땐 아무 생각없이 따라 했지만, 지금 와서야 선생님께 감사한 마음이 든다. 남에게서 바라는 대로 내가 먼저 행동하라는 것. 상대가 잘해 주길 기다리는 게 아니라 내가 먼저 잘해 주라는 뜻일 테다. 매번 남이 나에게 어떻게 해 주었는가에 따라 상대를 대하는 나의 태도도 바뀌곤 했는데, 내가 남에게 어떻게 하는지가 더욱 중요한 것이었다. 그걸 몰라서 매번 사람에 실망하고, 정작 내 행동은 돌아보지 못했으니까.

나중에 알고 보니 그 문장은 기독교의 복음서에 나오는 한 구절이었다. 그 체육 선생님이 불교 신자였던 것을 감안하면, 종교를 막론하고 인생을 살아가는 데 아주 중요한 격언이기에 그토록 우리에게 알려 주고 싶으셨던 게 아닐까. 그 뜻을 다 큰 어른이 되어 되새긴다. 남에게서 바라는 대로 내가 먼저 그 사람에게 해 주어야지. 좋은 내가 되어야 좋은 네가 온다는 말처럼, 먼저 내가 좋은 사람이 되어야지.

꿈

어쩌면 인생 자체는 덧없는 것이다. 덧없는 인생에 어떤 의미와 가치를 부여하면 좋을까? 그 의문에 답을 찾으려는 사람들은 마치 아무것도 없는 백지에 어떤 그림을 그릴지 고심하는 화가 같다. 그림을 그릴 때 무슨 색을 써야 할지, 어떤 크기의 붓을 사용할지, 스케치는 얼마나 자세하게 할지 먼저 고민한다. 서로 비슷한 방식으로 그리는 사람들은 있겠지만 같은 그림을 그리는 사람은 없다. 사람마다 추구하는 가치가 다르기 때문이다. 전 세계에는 76억 명의 사람들이 살고 있다고 한다. 그 말은 76억 개나 되는 각양각색의 생각과 다양한 삶의 의미가 있다는 뜻이다.

돈과 명예를 찾는 사람도 있고, 인기를 갈구하는 사람, 많은 기부를 하는 것이 꿈인 사람 혹은 자신만의 예술을 창조하고 싶은 사람도 있다. 앞서 비추었듯이 각자가 추구하는 가치는 이보다 더 다양하게 존재한다. 그중에 과연 옳고 그른 가치가 있을까? 그렇지는 않을 것이다. 우리는 타인이 좇는 가치에 대해 시비를 판단할 수 없기 때문이다. 다만 분명 인생이라는 화폭 안에 아름답고 고운 것들을 담는 사람들이 있을 것이다. 세상을 더 나은 세상으로 만들어가는 것들 말이다. 나도 그 사람들 중에 하나가 될 수 있으면 좋겠다.

내가 다른 사람에게 도움이 되고, 누군가에게 큰 의미가 될 수 있다는 것. 그것만으로도 인생이 훨씬 더 의미 있어지지 않을까? 내게서 많은 사람들이 한 줄기 빛 같은 희망을 발견할 수 있으면 좋겠다. 그것이 내가 그리고자 하는 한낱 꿈이다.

안으로

누군가에게 도움이 되려면 먼저 나 자신의 마음 상태를 헤아려야 한다. 자신의 정신 상태가 건강할 때 비로소 타인을 생각할 여유도 생긴다. 나부터 챙기지 않고 다른 사람들에게만 신경을 쓰다 보면 몸은 괜찮을지 몰라도 영혼은 지쳐간다. 마음의 작용을 맡고 있는 영혼이 고단하면 온전히 마음 쓰기가 힘들어진다. 이럴 때 자기 자신부터 돌보는 것은 이기적인 것이 아니라 오히려 서로를 돕는 일이다. 부디 관심을 가지고 보살피기를 바란다. 혹 심혼이 지치지는 않았는지, 사람들에게 티 내지 않으려고 자신의 힘겨움을 감추고 있지는 않은지.

안팎으로

억지로 부탁을 들어주기보다는 둥글둥글하게 거절할 줄 알고, 선을 지키면서 하고 싶은 말은 분명하게 말하고, 바보 같지 않으면서 착하게 사람을 대하는 법을 익히는 것. 이것이 안으로 나를 돌보는 동시에 밖으로는 타인을 보살필 수 있는 유일한 방법이 아닐까.

Per Ardua Ad Astra*

언젠가 어머니가 그랬다. 인생은 태어나는 순간부터 고통의 연속이라고. 나는 그 말이 잘 이해가 가지 않았다. 행복한 일도 많은데 왜 인생을 고통으로만 인식하는 걸까? 물론 그 말이 인생 전체가 빼곡하게 고통으로만 채워진다는 뜻은 아닐 것이다. 아무리 고통스럽더라도 순간순간의 행복은 존재하기 마련이니까. 다만 그런 여지를 남겨 두더라도, 인생이 고통의 연속이라고 생각하고 싶지는 않았다. 딱 한 번 살아가는 인생인데 너무 비관적일 필요는 없으니까. 나는 세월이 많이 흐른 지금도 그렇게 생각하지 않는다.

그런데 어느 순간부터 한 가지 사실을 인정하게 되었다. 삶은 고통으로부터 자유로울 수 없고, 때론 그것이 나의 뜻과 아무런 상관없이 내 삶을 찌르기도 한다는 것. 강력한 권력을 가진 사람도, 엄청난 부를 축적한 사람도 주어지는 고통으로부터 자유로울 수는 없다. 우리는 계획했던 대로 일이 잘 풀리지 않고, 사랑하는 사람이 돌연 떠나 버려서 뼈아픈 이별을 겪고, 불확실한 미래가 목을 조르고, 소중한 사람들의 죽음을 안타까운 심정으로 목도

하기도 한다. 고통의 모양만 조금씩 다를 뿐 이 모든 게 일상적이라는 사실이 조금 무섭기까지 하다.

내가 필사적으로 피하려 한다고 해도 고통은 절대 나를 비켜가지 않을 것이다. 그러므로 죽는 순간까지 빠짐없이 내 몫의 고통을 견뎌내야 한다. 아마도 어머니의 말은 그런 뜻이 아니었을까. 내게 주어진 고통을 고스란히 받아들이고, 또 긍정하고 싶다. 고통을 긍정하는 과정이 가시밭길일지도 모르겠다. 하지만 나는 긍정의 힘으로 괴로움과 고난, 시련과 고비 그리고 모든 역경을 헤치고 별을 향해 갈 수 있을 거라 믿는다. 아니 우리 모두가 그럴수 있을 거라, 굳게 믿는다.

---

* 'Per Ardua Ad Astra'는 라틴어로서 '역경을 헤치고 별을 향해'라는 의미를 지니고 있다.

천연의 빛

진실은 보고 있으면 과히 밝아서 눈을 질끈 감게 만든다

인조 어둠

받아들이고 싶시 않은 것들을 외면하고 살아가는 것은 암막 커튼으로 방 안에 새어 드는 모든 빛을 차단한 채 안락한 침대 위에 누워 일생을 보내는 것과 같다. 아무리 노력해도 얻을 수 없는 사랑이 있다는 것도, 혼신을 다해 좇아온 꿈이 점점 더 멀어질 수 있다는 것도 우리에게 주어진 운명이다. 그런 운명도 인정하고 용납할 수 있어야 문을 열고 다음으로 나아갈 수 있다. 어둠에 적응된 눈으로 밖을 보면 좀처럼 눈을 뜨기가 힘들다. 그처럼 운명을 받아들이는 것이 쉽지만은 않다. 다만 사랑도 꿈도 바깥으로 나가야만 찾을 수 있다. 당신이 원하는 사랑, 열렬히 바라는 꿈 모두 이루었으면 좋겠다. 그러니 커튼을 걷고 용기 내어 밝은 빛의 세상으로 나가 보길 바란다. 용기 내어, 밝은 빛의 세상으로.

나와 당신, 당신과 나

당신은 내가 좋아하는 것들을 안다. 내가 말캉말캉한 젤리와 푸딩을 좋아한다는 것도, 형형색색의 시집 모으는 취미가 있다는 것도, 새벽에 호수를 돌며 혼자 산책하기를 즐긴다는 것도 당신은 알고 있다. 그러면서 겨울이 되면 꼭 감기 한 번은 앓는다는 것도, 음식을 먹으면 잘 체한다는 것도, 손에 여러 군데 굳은살이 박여 있다는 것도 당신은 잘 알고 있다. 게다가 자주 웃지만 내심 힘들어하고 있다는 것도, 울지는 않지만 슬픈 일이 있다는 것도, 손수 만든 쿠키를 가져다주면 내가 세상에서 가장 행복한 사람이라고 느낀다는 것도 당신은 너무 잘 알고 있다.

그래서 나도 당신이 좋아하는 것들을 안다. 이름을 불러 주면 좋아한다는 것도, 가끔 집에서 빵을 굽는 취미가 있다는 것도, 우울할 때는 어디론가 훌쩍 떠나고 싶어 한다는 것도 나는 알고 있다. 그러면서 여름에 더위를 심하게 탄다는 것도, 음식을 먹으면 나처럼 자주 체한다는 것도, 철분이 부족해서 빈혈증이 있다는 것도 나는 잘 알고 있다. 게다가 겉으로는 강해 보이지만 속은 보드랍고 여리다는 것도, 내게 재미있는 이야기를 자주 해 주지만 서러운 이야기도 품고 산다는 것도, 누군가 우울해하면 손수 쿠키를 만들어 주는 사람이라는 것도 나는 너무 잘 알고 있다.

그렇게 우리가 함께 기대어 있다. 서로 알아주며, 또 알아가며.

만일

내가 사랑하는 사람이 나를 사랑한다면 그건 축복이 아닐까

물밀듯이

집으로 돌아가는 길 택시에서 당신이 내 어깨에 기대 곤히 잠들었을 때. 옆에 앉아 있던 나를 뜬금없이 꼭 껴안았을 때, 내가 읽고 있던 것과 같은 책을 몰래 읽고 있던 당신을 발견했을 때, 맑고 또렷한 눈으로 나를 바라보면서 아무 말도 하지 않았을 때. 그럴 때 가끔 이게 바로 그 축복이 아닌가 하는 생각이 물밀듯이-

상사화

이루어질 수 없는 사랑도 있고
이루어질 뻔한 사랑도 있고
이루어졌다 금방 끝난 사랑도 있고
이루어지지 말았어야 할 사랑도 있다

어느 쪽이나 슬프기는 매한가지다

피안화

슬픔이 이성을 뛰어 넘었을 때는 제정신이 아닌 게 당연하다. 이상한 사람이 된 것도 아니고 미친 것도 아니다. 너무 슬퍼서 북받치는 감정을 주체할 수 없는 것. 그건 우리가 지극히 인간적이기 때문이다. 그럴 땐 인생이 희로애락의 끊임 없는 반복이란 것을 기억해야 한다. 좋은 것만 계속되는 인생도, 슬픈 일만 되풀이되는 인생도 없으니 그 슬픔도 반드시 지나간다. 더 이상 아프지 않고 무덤덤해지는 시기가 기필코 온다.

여유의 미학

여유를 가진다는 건 절대 나태한 게 아니다. 어떤 사람은 앞으로 달려나가기만 하다가 지치고, 어떤 사람은 어디로 가야 할지 몰라 갈팡질팡하다가 기운이 빠진다. 그럴 때는 자신에게 관대해질 필요가 있다. 자신에게 여유를 허락할 줄 아는 것도 살아가는 방식 중 하나가 될 수 있다. 누군가 쉬어가는 내 모습을 보고 한심하게 생각한다 해도 아무런 상관이 없다. 그런 여유는 태만하다기보다 오히려 근면한 것이니까. 부지런히 쉬어 가자. 다음으로 나아가기 위하여.

삶의 맥박

무기력으로 하루를 몽땅 소진해 버리더라도
열심히 무언가를 추구하지 않더라도
방황하다 시간을 전부 허비해 버리더라도
그것도 뛰고 있는 삶의 맥박이라고
그런 시간도 살았다고 쳐주는 거라고

멋진 일

잘하고 있는지 모르겠다는 건 잘하고 있다는 뜻이다. 무언가 하고 있고 그것 때문에 골몰하고 있다는 말이니까. 미래에 그것이 어떤 결과를 가져다줄지 알 수 없지만, 고심한다는 것 자체로 참 멋진 일이다.

살아가는 일

자신이 어떤 의미를 추구하면서 무엇으로 살아갈지 탐구하는 것. 그것은 지금 해야 하는 모든 일보다 훨씬 더 중요한 것일 수 있다. 그저 '살아 있는' 존재가 아니라 의미 있게 '살아가는' 존재가 되려면.

몬세라트에서

스페인 바르셀로나의 근교인 몬세라트에 다녀온 적이 있다. 몬세라트는 '톱니 모양의 산'이라는 뜻인데, 웅장한 바위산에 둘러싸여 있어서 죽기 전에 꼭 보아야 할 절경으로 소개되는 곳이기도 하다. 역사 깊은 수도원이 자리하고 있고 운이 좋으면 소년 성가대의 목소리를 들을 수 있어서 많은 관광객들이 찾아간다. 나는 사전조사를 미리 하지 않았기 때문에 이동하는 버스에서 가이드를 통해 이 사실들을 알 수 있었다. 바위산에 있는 유서 깊은 수도원이라니. 실은 그런 것에 흥미가 있지는 않았다. 바르셀로나에 10일이나 머물렀던 터라 하루 정도 시간이 남았고, 그저 가까워서 쉽게 갈 수 있는 근교를 택했을 뿐이다.

그런데 그곳에는 생각보다 재미있는 것들이 많았다. 좀처럼 보기 힘든 검은 성모상 앞에서 소원을 빌기도 하고, 천국으로 가는 계단이라 불리는 탑 앞에서 사진을 찍기도 하고, 소년 성가대의 합창을 운 좋게 들어볼 수 있는 기회도 있었다. 그중에 가장 기억에 남는 건 수도원 옆으로 길게 늘어서 있던 돌벽이었다. 벽돌을 높이 쌓아 올려 놓았는데 중간중간 아치 형태의 공간이 창문처럼 큼지막하게 뚫려 있었다. 가이드 분께서 그 사이를 한번 보라고 하셨는데, 말이 나오지 않을 만큼 아름다운 진경이 눈에 들어왔다. 해발 고도 1235미터에서 보는 기암절벽은 새벽 안개와 절묘한 조화를 이루고 있었다. 설명을 들어 보니 원래 그 창문 같은 공간은 그림을 넣기 위해 일부러 뚫어 놓은 것인데, 그 뒤의 경치가 더 그림 같아서 아무것도 채우지 않은 채 그대로 두었다고 했다. 가이드 님의 말씀은 대부분 잊어 버리기 마련인데 이것은 수년이 지난 지금도 또렷하게 기억하고 있다.

나는 인생을 무언가 계속해서 채워야 하는 것으로만 생각했다. 좋은 옷을 사서 옷장을 넉넉히 메우고, 누가 봐도 멋진 차를 타고 다니고, 번듯한 인맥을 만들고, 시험에 합격해서 훌륭한 사람이 되고, 그런 것들로 인생을 채워야 아름다운 그림이 완성되는 줄 알았다. 하지만 그럴수록 나 자신이 초라해 보였다. 상상 속의 나와 현실의 나는 너무 달랐으니까. 하지만 우리는 존재 자체로 빼어난 하나의 풍경이 아닐까. 수도원 돌벽의 빈 공간에 그림을 넣을 필요가 없었던 것처럼, 속세의 것들을 채워 넣지 않아도 그저 지금 우리의 본래 모습 그대로 아름다운 게 아닐까. 가끔 지구 살이에 지칠 때면 그때 몬세라트의 절경을 떠올린다. 그게 곧 나의 모습이겠거니, 꾸밈없는 내 존재도 환하게 빛나겠거니 하며.

보통의 날

집 앞 카페에 가서 차가운 커피를 마시고, 근처 호수를 걷는다. 여름이 오기 전 저녁 공기는 기분 좋게 시원해서 자꾸만 걷고 싶다. 나뭇잎 사이로 보이는 하늘은 구름 한 점 없이 맑고, 낮달이 하얗게 고개를 내민다. 문득 혼자 있고 싶지 않다는 생각이 들면 전화를 한다. 저녁 먹자. 부랴부랴 만나도 괜히 좋다. 밥 다음은 또 커피. 공기 좋은 날이니까 루프탑 카페로 발걸음을 옮긴다. 그러고는 잠시 나누는 캐주얼한 대화. 좋은 시간은 왠지 모르게 빨리 지나간다. 부랴부랴 헤어지고 집에 돌아오면 어느새 밤. 내일이면 다시 시작될 고단한 일상 때문에 약간의 우울을 머금지만 하루 정도는 마음껏 잘 쉬었다는 생각을 해 본다. 커피를 마시고, 산책로를 자박자박 걷고, 차분히 대화를 나누는 모든 순간이 평범하고 일상적이다. 폭죽이 터지는 화려한 밤도, 흥이 넘치고 신나는 파티도 아니지만 나는 그렇게 날마다 찾을 수 있는 보통의 것들이 좋다. 작고 확실한 행복은 바로 그런 게 아닐까 해서.

소풍

미국의 한 기상학자가 날씨를 숫자로 변환하는 작업을 하고 있었다. 기상 패턴을 분석하기 위한 것이었는데 그 숫자들은 소수점 이하 여섯 자리로 구성되어 있었다. 그런데 그 기상학자는 호기심으로 소수점 이하 세 자리까지만 프로그램에 입력해 보기로 했다. 별다른 반응이 없을 거라는 예상과 달리 결과값이 완전히 틀어졌다. 미세한 변화가 연속적으로 발생하면서 예측할 수 없는 결과를 만든 것이다. 이것이 흔히 말하는 나비효과다. 나비의 작은 날갯짓이 지구 건너편에서 태풍을 일으킬 수도 있다는.

우리가 하루에 할 수 있는 일도 보잘것없이 작을 수 있다. 시간은 제한되어 있고 체력에도 한계가 있기 때문이다. 그래서 하루 동안 한 게 별로 없다며 자책할 수도 있고, 당장 만들어낼 수 있는 변화의 폭이 크지 않아서 괜히 무기력해질 수도 있다. 다만 아주 미세한 변화가 계속되어 예측을 바꾸고 태풍을 만들어내듯이, 매일 작은 일들을 하며 조금씩 바꾸어 가면 헤아릴 수 없을 만큼 큰 일들도 해낼 수 있다. 짧은 시간에 많은 걸 이루려고 조급해할 필요가 전혀 없는 것이다. 인생을 소풍이라 노래했던 시인의 말처럼 마치 소풍을 가듯 하나씩 천천히 해나가면 된다. 쉴 땐 쉬고 걸을 땐 걸으며.

애정하다

자신에게 애정결핍이 있는 것 같다는 친구가 있었다. 어릴 적에 사랑을 너무 많이 받고 자라서 그런지 계속해서 그 정도의 사랑을 갈구하는 것 같다고 말했다. 곁에서 많은 사랑을 주어도 유년 시절에 받았던 정도에 미치지 않아서 가끔은 그것 때문에 우울하기까지 하다고. 그때 처음으로 애정이라는 것도 상대적일 수 있다는 생각이 들었다. 사랑을 많이 받고 있더라도 자기 기준에 미달하면 그것만으로도 마음이 헛헛해질 수 있는 것이었다. 누군가에게는 배부른 소리일 수도 있겠다. 어릴 적부터 지나치게 엄하게 자랐거나 부모님과 함께 보낸 시간이 짧아서 외로움을 많이 타는 사람들도 분명 있을 테니까. 확실한 건 우린 누구나 사랑받고 싶어하는 존재란 것이다. 말을 채 떼지 못한 어린 아이도, 사춘기의 소녀도, 사회에 갓 나온 청년도, 늙고 쇠잔해져 가는 사람들도 마음속으로는 사랑받길 원한다.

언젠가 물어본 석이 있다. 나와 보낸 시간 중에 가장 좋았던 때가 언제였냐고. 나는 근사한 레스토랑에서 선물 꾸러미를 건넸던 일이나 보석 상자를 엎지른 것처럼 반짝이는 야경을 함께 바라보던 일을 떠올렸지만, 대답은 전혀 다른 것이었다.

"네가 꼭 껴안아 주었을 때, 그때가 가장 좋았어."

우리는 누구나 한번쯤 꼭 껴안아 줄 사람이 있기를 바라는지도 모른다. 결핍을 없애기 위한 묘약이 될 수는 없겠지만, 진심으로 따뜻한 포옹을 해 줄 수 있다면 그 순간만큼은 사랑으로 꽉 채울 수 있지 않을까.

아침 해

행복한 내일을 상상하고 싶게 만드는 것이 사랑이라
이별은 내일을 더 이상 생각하고 싶지 않게 만든다

남아 있는 흔적들을 만지작거리는 건 미련이라
그리움은 그 흔적들을 자꾸만 지우지 못하게 막는다

꽃노을

세상이 아름답기만 한 건 아니지만
아름다운 일들은 늘 있다

우리가 어렵사리 만나게 된 일이 그렇고
고단하지만 겹겹이 살아가는 일이 그렇고
힘 빠진 어깨 위에 손 얹는 일이 그렇다

서로가 서로의 의지가 되고
의미가 될 수 있어서
세상은 여전히 아름다울 수 있다

사랑으로

글을 쓰면서 주변 사람들에게 가장 많이 받는 질문 중 하나는 글이 돈이 되냐는 것이었다. 결론부터 말하자면, 다른 번듯한 직업과는 달리 글이 안전한 미래를 보장해 주지는 않는다. 물론 글만으로 넉넉한 생활을 하는 작가도 있겠지만, 대개는 그렇지 않다. 다만 어떤 일을 사랑으로 하는 사람들은 그럼에도 불구하고 혼을 바쳐 그 일을 계속 앞으로 견인해 나간다. 한 친구는 말했다.

"형, 저는 솔직히 말하면 이 일 싫지만 돈 벌려고 하는 거예요, 건물주 돼서 돈 많은 백수 하려고요."

나는 '아, 정말?' 하며 선뜻 웃어 넘겼지만 내 속마음은 그런 것이었다.

'10년에 한 번, 그것도 불규칙한 주기로 꽃을 피우는 열대 식물이 있는데, 강산이 한 번 바뀔 정도의 시간을 인내해 피운 꽃이라도 영원한 게 아니더라. 그 화려한 꽃도 이내 져 버려. 그렇다면 그 식물이 버텨 온 10년의 시간, 그리고 앞으로 또다시 꽃 피우기 위해 감내해야 할 시간들은 무엇일까. 오직 결실을 맺기 위한 것이라면 개화하지 못한 식물의 삶은 아무것도 아닌 게 될까? 끝내 꽃을 피웠다면 그 전의 시간들은 그저 수단에 불과한 것일까? 나는 내가 사랑하는 일을 오래오래 하고 싶어. 어쩌다 운이 좋아서 좋은 결과가 있을 수도 있겠지. 아마 가족들도 좋아할 거고 함께 작은 파티를 열 수도 있을 거야. 그렇지 못하면 또 어때. 난 여태 웃으면서 걸어 왔는 걸. 앞으로도 난 즐거울 거라 믿어. 모르겠다. 언젠가 현실에 굴복하고 다른 일을 찾게 될지도. 그래도 내게 끈질기게 사랑할 수 있는 일이 있어서 나는 지금 그것만으로 충분히 행복해.'

믿음으로

할 수 있다는 아주 간단하고 진부한 믿음 없이 해낼 수 있는 일은 없다. 부디 믿길 바란다. 자신의 신념, 자신의 사랑, 자신의 꿈 그리고 미래를, 누구보다 열렬히.

의지와 결심으로

나무껍질이 벗겨진다는 것은 나무가
성장하고 있는 증거라고 한다

그것을 자신의 한계를 깨고 좀 더 나아가려는
나무의 의지로 번역할 수도 있고

상처와 아픔을 견뎌내고
끝끝내 이겨내려는 나무의 결심으로 번역할 수도 있겠다

어느 쪽으로나 우리의 삶과 닮아 있다
나무도 우리도 나아가려는 의지와
이겨내려는 결심으로 번역될 수 있으므로

선택

죽음은 삶과 얼마나 분리되어 있는 걸까. 예전에는 모든 죽음이 마을 안에서 일어났다. 초상이 나면 마을 단위로 사람들이 모여 장례를 치렀다. 그래서 상여 나가는 소리, 곡하는 소리가 마을 전체에 울려 퍼지기도 했다. 요즘은 삶과 죽음의 영역이 엄격하게 구분되어 있다. 대부분의 죽음이 병원에서 이루어지기 때문이다. 가까운 사람이 목숨을 잃는 일이 없는 한 살아가면서 죽음에 대해 생각하는 일은 거의 없다. 우리는 사랑이든 인생이든 반드시 끝을 마주하게 된다는 걸 알면서도 그것을 외면하며 살아간다. 이별도 죽음도 삶의 한 부분인데, 나와 상관없는 이야기처럼 여기며 살고 있는지도 모른다. 죽음이 어느 때 나를 찾아올지 미리 알 수 있으면 좋으련만, 우리에게 그런 능력은 주어지지 않았다. 그저 살아가다 어리둥절하게 죽음을 맞이할 뿐.

그런데 마음대로 정할 수 있는 게 딱 한 가지 있다. 그건 바로 '오늘 당장 무얼 할 것인지'다. 물론 계획해 놓은 공부를 해야 할 수도 있고, 시키는 일을 야무지게 처리해 놓아야 할 수도 있다. 그런 것들이 하루 중 가장 많은 시간을 차지할지도 모르겠다. 하지만 죽음이 늘 가까운 곳에 있다고 생각하면 머릿속에 하나둘 떠오르기 시작하는 것들이 있다. 미처 못했던 말들, 자주 찾아가지 못한 부모님 댁이나 마음에 깊은 상처를 주었던 행동, 해야만 하는 것을 먼저 신경 쓰느라 정작 나를 위한 것들을 하지 못한 일. 죽음을 생각하면 이런 것들이 가장 먼저 연상된다. 시간이 무한정으로 주어진다면 나중에라도 하고 싶었던 말을 할 수 있을 것이다. 부모님 댁도 얼마든지 찾아갈 수 있을 것이고 상처를 주었던 사람에게 미안하다고 말할 기회도 있을 것이다. 그렇게만 되면 나를 위한 일 또한 지금이 아니어도 언젠가 할 수 있지 않을까. 그런데 시간은 유한하기에 우리에게 얼마의 시간이 남아 있는지 전혀 예상할 수 없다. 50년일지, 5개월일지, 5시간일지. 어떤 것들을 앞서 챙길 것인가. 얼마나 후회하고 얼마나 회한이 서릴 것인가. 선택은 오롯이 개인의 몫이다.

추신

아무도 모르겠지요

열자마자 쏟아질 슬픔이 마음속에 있다는 것을요

#1

세상은 자꾸만 서둘러 앞으로 가라고 말합니다. 심혼은 지칠 대로 지쳐 있는데 속마음은 아무도 몰라주고, 걱정은 걱정을 낳아서 한껏 기뻐 본 게 언제인지 기억나지 않습니다. 세 끼 식사는 한결같지만 마음은 그렇지 못해서 하루에도 몇 번이나 다른 계절을 맞이하지요. 인생이 어떻게 흘러가는지 도무지 알 수 없습니다. 불안이 무한대로 연장되어 가는 날에는 무엇을 생각해야 기분이 청량할까요. 매일 제자리인 모습을 발견할 때면 답답하기만 합니다. 이런 저를 누가 챙겨 주기나 할까요?

혼란스럽습니다. 힘든 사람들이 너무 많아서 제가 힘들어도 되는 건지 모르겠습니다. 사람들이 하는 이야기를 웃으면서 들어줍니다. 아무도 모르겠지요. 열자마자 쏟아질 슬픔이 마음 속에 있다는 것을요. 그래도 웃습니다. 아무도 없는 곳에서의 울음은 질문*이라고 한 시인은 말했습니다. 저는 속으로만 질문이 많은 사람인가 봅니다. 매일 묻지만 오는 대답은 없습니다. 혼란스럽습니다.

---

* 시집 《다정한 호칭》(이은규. 문학동네)에 수록된 시 〈물 위에 찍힌 새의 발자국은 누가 지울까〉의 한 구절을 참고했다.

#3

일과를 마치고 집에 돌아오면 혼자입니다. 그런데 원래도 혼자였던 것 같습니다. 그렇게 많은 사람들을 만나고 이야기를 나누었는데도 말입니다. 중간이 뻥 뚫린 도넛처럼 마음이 공허합니다. 그럴 때면 스스로 회의감을 느낍니다. 오늘 하루 중에 온전히 제 자신을 위해 쓴 시간이 얼마나 될까요. 나는 나에 대해 얼마나 생각해 보았나요. 나는 무얼 좋아하나요. 여전히 혼란스럽습니다.

친절과 위로도 체력일까요. 힘에 부치는지 좀처럼 웃지 못합니다.
모든 게 부질없게 느껴집니다. 완벽해 보이려 할수록 더 초라한
자신을 마주하게 되어요. 스스로를 사랑해야 한다는 걸 알면서
도 그게 좀처럼 되지 않고 감정 기복이 심합니다. 누가 이야기만
들어주어도 좋을 것 같은데, 다들 너무 바빠 보이네요. 아픈 데
는 없냐고 물어보면 또 없다고 대답하겠지만요.

어차피 타인의 심정을 완벽하게 이해해 줄 수 있는 사람이 지상
에 존재할 리 없습니다. 그런 건 불가능하니까요.

오래 혼자 생각해 보았습니다. 무엇이 저를 세상으로부터 길고양이처럼 살금살금 도망치게 하는지. 무엇이 저에게 길을 나서기도 전에 두려움을 안겨 주는지. 행복은 어디 있는 건지. 있기나 한 건지.

매일 조금씩 실패하는 느낌이 하루를 더 무기력하게 만드는 것 같습니다. 목표를 좇다 일을 그르치고, 인간관계에 걸려 넘어지고, 갈구하던 사랑을 얻지 못하는 일상적인 실패들. 얕은 절망은 사람을 죽지 않을 만큼만 괴롭힙니다. 고통을 주다가 희망을 잠깐, 보여 주고는 이내 숨겨 버리곤 하지요.

그래도 긍정적으로 살고 싶다는 생각을 합니다. 그래야 안팎으로 선한 영향력을 뿜어낼 수 있을 테니까요. 문제는 머리로는 알고 있지만 마음이 따라주지 않는다는 것입니다. 매사에 마음이 편치 못해서 일어나지도 않은 일을 상상하고 쓸데없는 걱정을 앞서 쌓아 두는 버릇이 있습니다. 언제쯤 고칠 수 있을까요. 이런 버릇 때문에 행복에서 점점 멀어지고 있는 걸까요.

몇 가지 원칙을 세웠습니다. 자주 나가 산책하기. 혼자 잘해 주고 기대하지 말기. 조금은 뻔뻔해지기. 잠 충분히 자기. 내가 원하는 것과 남이 원하는 것을 확실히 구분하기. 나 자신과 화해하기. 오지 않은 미래보다 눈앞에 있는 현재에 집중하기. 당장에 행복할 수 있는 사소한 것들을 찾기. 욕심내지 않고 할 수 있는 만큼만 하기. 감정을 절약하기. 사실 하나도 새롭지 않은 결심입니다. 번번히 실패해 왔을 뿐이지요. 삶의 태도를 바꾸는 건 그리 쉽지 않습니다. 다만 한 번 더 다짐해 보는 겁니다. 무엇보다 제 자신을 위한 일이니까요.

이제는 아무도 쳐주지 않는 여분의 삶도 사랑해 보려 합니다. 의미 없어 보이는 나날이 반복되어도 그런 시간들까지 다 잘 살았다고 스스로에게 말해 주려 합니다. 바퀴를 보면 굴리고 싶어지는 게 사람 마음인 것처럼 남들을 보면 자꾸만 비교하게 되는 게 습관이지만, 그것도 이제는 그만두려 합니다. 불행을 일부러 끌어와 곱씹고 되뇌면 다음 순서에는 더 큰 불행이 찾아 오니까요. 저는 생각보다 강하지 않습니다. 비 앞에서는 뛰었지만 그동안 마음은 메마르고 갈라졌습니다. 지금 그대로의 나를 응원해 줄 수 없다면 앞으로도 똑같겠지요. 그러니 근거 없는 이유로도 스스로를 아끼기로 합니다. 같은 결심을 여러 번 통과하더라도 말입니다.

마치며

추적추적 가랑비가 오는 날입니다.
예전에는 흐린 날이 그토록 미웠는데
요즘은 비 냄새 맡으며 걷는 게 좋습니다.
사람은 시절에 따라 모든 걸 다르게 보나 봅니다.

잠깐 부모님 댁에 들러 몇 마디 대화를 나누었습니다.
쓰면 쓸수록 글이 제게서 멀어지는 것 같다는 푸념뿐이었지만
건강 신경 쓰라며, 우산 챙겨 나가라며 대신 걱정해 주어
뒤숭숭한 낱말들을 꽉 물고 집을 나설 수 있었습니다.

문밖에서 비는 일제히 지상으로 낙하하고 있는데
삶과 세계에 대해 무겁게 고민하고
그것을 가뿐한 언어로 옮기고 싶다는 열의는
끊임없이 솟아올랐습니다.

그 열의로 지나온 삶의 몇몇 순간들을 호명하고
아주 솔직한 발음으로 모든 이야기를 고백했습니다
그중 가장 힘주어 말하고 싶은 것은
당신과 내가 자유로이 살아갔으면 한다는 겁니다.
그 자유를 온전히 자신의 내면에서 찾았으면 한다는 겁니다.

저는 글을 쓸 때 가장 자유롭습니다.
종이와 펜만 있으면 그 무엇도 저를 속박할 수 없으니까요.
자신을 아낀다는 건 그런 의미입니다.
스스로에게 자유를 허락하는 것.
저는 앞으로 더 자주 자신을 자유롭도록 허락해 줄 요량입니다.

저의 말들이 세상에 착지할 때쯤 부디 당신도 그러길 바랍니다.
우리 만나게 된다면 꼭, 마주 보며 악수 나눕시다.

2018년 여름

김준

우리를 아끼기로 합니다

초판 1쇄 발행 2018년 7월 23일
2쇄 발행 2018년 7월 30일

지은이 김준
펴낸이 이광재

책임편집 김미라   **교정** 오지은
디자인 이창주   **일러스트** SUDA
마케팅 허남, 최예름

펴낸곳 카멜북스   **출판등록** 제311-2012-000068호
주소 경기도 고양시 덕양구 통일로 140 (동산동, 삼송테크노밸리) B동 442호
전화 02-3144-7113   **팩스** 02-6442-8610   **이메일** camelbook@naver.com
홈페이지 www.camelbooks.co.kr   **페이스북** www.facebook.com/camelbooks
인스타그램 www.instagram.com/camelbook

ISBN 978-89-98599-46-1 (03810)